ON ACHÈVE BIEN LES POISSONS ROUGES

HERVÉ MESTRON

ON ACHÈVE BIEN LES POISSONS ROUGES

le muscadier NOIR

DANS LA MÊME COLLECTION

- *Pourquoi tu pleures ?*, Amélie Antoine, 2023
- *L'insurrection impériale*, Christophe Léon, 2023
- *L'homme qui crie*, Christian Grenier, 2023

DU MÊME AUTEUR

- *Cendres de Marbella*, Antidata, 2017
- *Maître de cérémonie*, coll. « Polaroïds », In8, 2020
- *Jokers*, In8, 2021
- *Le crâne de Mozart*, Zinédi, 2022

—

- *Un violon dans les jambes, Syros, 2005*
- *Le violoncelle poilu*, Syros, 2009
- *L'Aigle noir*, Le Muscadier, 2017
- *Je suis venu te chercher*, Le Muscadier, 2019

Ce roman contient des scènes susceptibles de choquer un public non averti, sa lecture est réservée aux lecteurs et lectrices adultes.

BP 60076 – 16103 Cognac cedex
www.muscadier.fr
info@muscadier.fr

Couverture & maquette : La Femme assise
Photographies de couverture : © virtosmedia / 123RF

La collection le muscadier NOIR est publiée sous la direction littéraire de Christophe Léon.

Ce livre est publié avec le soutien de la région Nouvelle-Aquitaine.

ISBN : 978-2-38302-032-5
ISSN : 2971-4389
1re édition – 1er tirage

CHAPITRE 1

Enfant, Cécilia a pour seul compagnon, un clavecin. Son père a toujours raconté la même histoire : « Il était là, couché dans les vignes, pareil à une baleine échouée. Qu'est-ce que j'ai fait ? J'ai été cherché le tracteur. Et voilà. »

En disant « et voilà », il désigne la photo de sa fille sur le CD intitulé : J.-S. Bach – *Variations Goldberg* – Cécilia Berger, clavecin.

Elle apprend la vérité à son décès, par les anciens du village. L'accident sur la route de Vaison-la-Romaine, à cause d'un groupe de cyclistes revenant du Ventoux. Un minibus transportant des musiciens. Sous l'effet du choc, le clavecin est éjecté par les portes arrière du véhicule. Dans le fossé, l'instrument glisse lentement sur le tapis d'herbe mouillée, prend de la vitesse entre les arbres du vallon. Certains se souviennent : « On aurait dit un gros cercueil qui fonçait comme un bobsleigh. » C'est ainsi que l'épinette termine sa course saine et sauve dans les vignes du père Berger. Et personne ne viendra jamais la réclamer.

CHAPITRE 2

Des années plus tard.
Juillet 2000

Après le concert, Cécilia Berger signe encore quelques autographes en jetant des regards discrets autour d'elle. L'homme avec qui elle a rendez-vous pour dîner n'est toujours pas arrivé. Une fois seule sur le trottoir, elle se demande si elle doit attendre ou bien rejoindre son hôtel. Son esprit est encore exalté par cette soirée Scarlatti, et elle allume une cigarette, par réflexe, comme le font souvent les personnes qui attendent quelqu'un sur le trottoir, la nuit, derrière un théâtre.

À une vingtaine de mètres, dissimulé sous un porche, Vincent Klotz l'observe depuis un moment. Maintenant que la jeune femme est seule, libérée de ses groupies, il peut sortir de sa cachette avec un sourire factice. L'impression d'entrer dans l'arène, c'est exquis. Il doit cependant se contenir pour ne pas paraître trop empressé.

L'expression de Cécilia s'éclaire en le voyant.

— Vous êtes Michel Robert, de WBH Records ? demande-t-elle.

— Oui, excusez-moi, dit-il en lui tendant la main. J'avais quelques coups de téléphone importants...

— Vous étiez au concert ?

— Bien sûr ! Vous avez réussi à créer un moment unique.

— Merci !

Quelques semaines plus tôt, se faisant passer pour un directeur de collection chez WBH Records, Vincent l'avait appelée pour lui proposer une rencontre.

— Je crois que nous allons faire de grandes choses ensemble, dit-il. Le clavecin est sous-représenté dans notre catalogue.

Cécilia lui sourit. Il a l'air d'un enfant qui a grandi trop vite, assez craquant.

— Avant que vous ne m'appeliez, dit-elle, je dois vous avouer que je n'avais jamais entendu parler de WBH Records.

— Si je vous dis Sony Music, est-ce que c'est plus parlant pour vous ? demande-t-il en lui offrant son bras.

— Sony Music, oui, évidemment !

— WBH appartient à Sony. C'est un nouveau label, destiné exclusivement à la musique baroque. Qu'est-ce que je peux vous proposer ? Japonais, italien, libanais ? Vous avez une préférence ?

Indécise, Cécilia cligne des paupières. Peu lui importe le restaurant. Elle a surtout besoin de décompresser devant un verre de vin.

— Allons chez Gino, suggère Vincent après une brève et feinte hésitation. Vous verrez, ses pâtes sont à tomber par terre !

— Si nous appelions mon agent ? propose-t-elle soudain. Elle n'habite pas loin. Je suis sûre qu'elle serait ravie de vous rencontrer !

CHAPITRE 2

Un tic soulève la lèvre supérieure de Vincent.

— Excellente idée ! répond-il. Attendons tout de même de voir s'il reste de la place chez Gino, non ?

— Vous avez raison.

Tout en marchant, l'homme qui se fait appeler Michel Robert évoque sa nouvelle collection, les artistes qu'il souhaite soutenir sur le long terme.

— Grâce à notre mécène, nous avons fait l'acquisition d'un Ruckers de 1646.

— Oh, formidable !

Vincent l'entraîne vers une rue sombre qui donne sur les voies d'une gare de marchandises.

— La caisse, la table et le couvercle sont décorés de peintures mythologiques. Le clavier est en marches plaquées d'ébène et le piétement style Louis XV à pieds cannelés et rudentés en bois doré. Et sa sonorité est tout simplement divine.

— Je pourrai donc enregistrer sur cet instrument ?

— Ce clavecin est à la disposition de nos artistes. Venez, nous ne sommes plus très loin.

Le chemin mène vers une zone d'entrepôts mais la claveciniste ne s'alarme pas. Tout va un peu vite. C'est seulement lorsqu'ils parviennent à l'orée d'une impasse ponctuée de poubelles, sans le moindre restaurant, qu'elle prend conscience du danger.

CHAPITRE 3

Yasmina Allek assiste au concert. Elle aime le timbre perlé du clavecin autant que la grâce de Cécilia Berger, postée comme une madone devant le clavier, donnant sur scène l'illusion d'un tableau de l'école flamande.

Elle s'étonne de voir Vincent assis au deuxième rang, alors qu'il prétend haut et fort ne pas supporter les instruments anciens ni cette mode du *musicalement informé*. Le summum du barbarisme, selon lui. N'empêche qu'il est là, comme un espion. Ce qu'il ne sait pas, c'est que sa secrétaire le surveille, de nuit comme de jour, et que, malgré son air de cruche, elle est aussi mélomane que lui.

Un peu plus tard, au volant de sa Twingo bleu métallisé garée au niveau de la sortie des artistes, Yasmina l'observe s'entretenir avec la claveciniste, avant de s'éloigner avec elle, bras dessus bras dessous, en direction de la zone des entrepôts.

Yasmina a 40 ans. Elle porte un foulard de soie sur les cheveux et des baskets aux pieds. Souplement, elle s'extrait de la voiture et prend le couple en filature, avec discrétion et détermination, son appareil photo en bandoulière.

Klotz lui a déjà fait vivre l'insoutenable. Il lui a montré les infinies variations de la personnalité humaine et elle a appris, à ses côtés, l'art d'être coupé de ses émotions. À sa place, n'importe quelle femme l'aurait déjà rayé de sa liste d'hommes fréquentables. Mais Yasmina tient compte avant tout des qualités.

Cette fois, cela se passe derrière une poubelle. Vincent a véritablement l'air d'un taureau en rut lorsqu'il se jette sur Cécilia Berger.

CHAPITRE 4

Maternité des Roses

Vincent aime le samedi, jour consacré au bien-être des ventres arrondis qui se réunissent en demi-cercle dans une salle décorée de tapis et de gros ballons. Dans une sorte de flou aquatique, il lui semble alors entendre le chant des fœtus qui se répondent les uns les autres. Mais en ce deuxième samedi du mois, un évènement vient rompre la quiétude habituelle des étages. Une femme se met à hurler et une équipe doit la calmer avec une injection. Certaines mères ne supportent pas le départ de leur progéniture en couveuse. Ce sont déjà de véritables louves prêtes à mordre au moindre danger.

Dans les escaliers, il croise Cantoni, le nouveau photographe de la maternité, qui aimerait tenter un shooting durant une séance de relaxation par la musique. Monsieur veut travailler sur la notion de transparence, les ombres et lumières de la grossesse. Qu'est-ce que cela signifie ? Quelle prétention ! Un peu froidement, Vincent le dissuade en expliquant vouloir préserver la tranquillité de ses patientes et le caractère sacré du moment. Klotz le déteste instantanément. Ce remplaçant ne peut pas faire de l'argent avec la face cachée des êtres. Encore quelqu'un qui prétend faire de l'art avec la photographie mais qui ne fait qu'enlaidir ce qui existe déjà.

Le docteur préférait le photographe précédent, plus affable, moins centré sur la notion absconse de l'art, mais que tout le monde ici avait plaisir à rencontrer avec son matériel sur l'épaule. Vincent ignore ce qu'il est devenu.

CHAPITRE 5

Hôtel de police

– On vient de recevoir un appel de la maternité, claironne Bernado. Ça fait le deuxième bébé qui disparaît en un an. Et le dernier n'est autre que le petit-fils de Ricardt, l'ancienne star du JT.

– Et la mère ? demande Joseph, le commandant.

– Sous morphine. Elle a annoncé que si son gosse ne lui était pas rendu, elle se jetait par la fenêtre.

Aucune demande de rançon jusqu'à présent. Joseph devine qu'il en sera de même pour Ricardt. Il regarde Bernado s'éloigner et ses yeux accrochent au même instant un couple d'un certain âge devant le tourniquet qui donne accès à la salle des inspecteurs. Ils ont l'air écrasés d'inquiétude. Un jeune flic pousse la barrière et ils avancent vers Joseph qui est en train d'enfiler sa veste.

– Ils voudraient vous voir, Commandant, dit le stagiaire.

– C'est pour quoi ?

– Il s'agit d'une disparition.

Joseph vérifie autour de lui si quelqu'un est libre. Sugar est en train de taper la déposition d'un commerçant dont la vitrine a explosé. Ni Chris ni Éva ne sont là. Il lance un bref regard vers la pendule murale en soupirant.

– Bon, asseyez-vous.

La femme se tourne vers son mari.

– C'est au sujet de notre fille, commence-t-il, elle a disparu.

– C'est-à-dire que, reprend la femme, elle n'est pas exactement notre fille, mais nous la considérons comme telle.

– Son nom ?

– Cécilia… Cécilia Berger.

– Nous vivons dans le Sud, dans le Ventoux, plus exactement à Entrechaux. C'est son agent artistique qui nous a appelés. Elle n'a pas donné signe de vie depuis dix jours.

Joseph tape sur son clavier du bout des ongles.

– Vous avez mentionné un agent artistique, quelle est sa profession ?

– Elle est claveciniste. Elle donne des concerts.

– Je sais, elle est majeure, reprend l'homme. Mais nous avons toutes les raisons de penser qu'il lui est arrivé quelque chose. Ça ne lui ressemble pas de disparaître ainsi sans donner de nouvelles.

– Nous aurons besoin des coordonnées de son agent. Sinon, elle avait un amoureux, une amoureuse ?

L'homme se tourne vers son épouse pour lui laisser la parole.

– Nous… nous ne savons pas…

– Elle était, comment dire…

– … discrète.

– Oui, c'est cela, reprend le mari. Discrète et sérieuse.

Le commandant esquisse un sourire entendu.

– Vous avez une photo ?

– Oui, bien sûr, fait la femme en fouillant dans son sac.

– Nous allons lancer un avis de recherche, explique Joseph en essayant d'injecter un peu de dynamisme dans sa voix. Nous allons aussi interroger son entourage, ses organisateurs de concerts, appeler les hôpitaux...

– Vous pensez qu'on va la retrouver ? l'interrompt l'homme en plantant son regard triste dans le sien.

Joseph ne cille pas.

– On va tout faire pour, dit-il. Et de votre côté, si vous avez des nouvelles...

– Elle est comme notre fille, répète la femme en se levant.

Le vieux couple s'éloigne main dans la main. Avant de pénétrer dans l'ascenseur, ils regardent une dernière fois dans sa direction. Joseph baisse la tête. Une fois seul, il tripote son portable et compose le numéro de Julie. Le répondeur se déclenche et il renonce à laisser un message. Pour dire quoi ? Qu'il l'aime ? Non, c'est quelque chose qu'il est incapable de dire à quelqu'un, pas même à lui-même. Il est comme un violoniste sans archet, sans voix, sans chair. Il pense que c'est Julie, le problème, qu'elle est trop bien, trop jeune, trop tout, et qu'il n'est pas à la hauteur. Mais a-t-il été seulement une fois à la hauteur avec quelqu'un qu'il aimait ? Aucune envie de répondre à ces questions troublantes qui lui traversent parfois l'esprit. Non, ces putains de sensibleries, pas trop pour lui.

CHAPITRE 6

En l'apercevant dans le couloir, la secrétaire sort de son bureau.

— Docteur Klotz ? Je peux vous parler ?

Vincent se retourne. Il n'a pas ôté ses lunettes teintées.

— Oui, qu'y a-t-il ?

— Madame Sevens a appelé. Je lui ai dit qu'elle pouvait venir à 14 heures. Mais je me suis finalement rendu compte que vous étiez déjà surchargé aujourd'hui. Dois-je la rappeler pour lui dire que ce n'est pas possible ?

— Non, ne vous inquiétez pas, Yasmina. Nous repousserons les autres rendez-vous !

— Je suis vraiment confuse.

Il s'éloigne après l'avoir gratifiée d'un sourire rassurant. Il porte un costume en pied-de-poule et son visage est rasé de près. Yasmina le regarde s'éloigner, frustrée par cet échange distant. Elle ne sait pas s'y prendre avec lui.

Vincent fait entrer la première patiente dans son cabinet et commence par lui demander des nouvelles de toute sa famille.

Vers 13 heures, il s'accorde une pause pour lire le journal dans un café. Il comprend alors le pourquoi du cri de la femme, hier, à la maternité. L'affaire du bébé disparu occupe une pleine page. Il n'est autre que le petit-fils d'un ancien présentateur télé. Dans le bistrot, un flash BFM annonce que la police aurait appréhendé une jeune femme en possession d'un biberon. Plus ou moins SDF, celle-ci n'est pas encore passée aux aveux. Vincent esquisse un rictus. Quand on sait qu'un bébé réclame du lait, des couches, des vêtements, une attention de tous les instants... pourquoi une junkie irait-elle se pourrir l'existence ? On doit plutôt la soupçonner de faire du business, vu que beaucoup sont prêts à mettre le prix fort pour un enfant. L'adoption est devenue si compliquée et la demande si forte que des réseaux en provenance de pays défavorisés se développent. Vincent se demande pourquoi les gens courent après les gosses. Lui vit très bien sans. Pourquoi ne pas respecter la sélection naturelle ? Pourquoi vouloir ce que l'on est incapable d'engendrer ?

C'est la période des vaccins obligatoires pour voyager : typhoïde, hépatite A, hépatite B, choléra, fièvre jaune, rage et grippe. Cela explique ce pic de fréquentation à son cabinet. Lorsqu'à 18 heures, il a terminé, Vincent fait un détour par son magasin habituel pour acheter un nouveau tablier, ainsi que divers ustensiles de cuisine. Notamment un robot pâtissier, bol inox de quatre litres avec deux poignées. Et puis une friteuse de style Roller Grill. Double sécurité en cas de surchauffe ou de manque d'huile. Thermostat réglable. Témoin lumineux. Cordon de 1,20 mètre. Garantie un an. La Roll's.

CHAPITRE 7

Rendez-vous derrière la place de la fontaine. En avance, Joseph surveille les alentours en buvant une bière dans un café d'étudiants. Il a laissé un message à Lan pour la prévenir qu'il avait une réunion. Bientôt, par la baie vitrée, il aperçoit Julie devant la fontaine. Elle regarde autour d'elle en fronçant les sourcils. Joseph sort en hâte du café. Elle se jette dans ses bras. Il la tient serrée contre lui, le nez enfoui dans sa chevelure dorée. C'est un faux pas, il se méfie de la rue. Mais Julie semble préoccupée. Ses yeux sont dilatés.

— Que se passe-t-il ?

— Joseph, il faut que je te parle.

Elle va lui annoncer qu'elle le quitte.

— J'ai compris, tu as besoin de quelqu'un qui puisse t'offrir autre chose que les égarements d'un homme marié. C'est ça ?

Elle soupire :

— Je suis enceinte.

Joseph ferme les yeux, ahuri. Leur histoire prend un tournant imprévu. Putain, un bébé. Il est censé dire quoi ?

Elle s'en va au bout d'un moment, prétextant un rendez-vous avec une amie. Joseph n'a pas la force de la retenir. Rien, pas un mot. Il a honte de lui. Julie vient de lui annoncer quelque chose d'incroyable et c'est comme si ce n'était rien, juste un détail du quotidien, qui n'appelle pas de commentaire. Putain, il n'est vraiment pas doué pour les relations humaines. Elle ne lui a rien demandé, elle sait qu'elle ne pourra pas compter sur son courage. Qu'est-ce qu'elle lui trouve ? Peut-être rien. Il comble un vide. Voilà.

Lan lui a annoncé qu'elle partait une semaine, pour rendre visite à sa mère, comme ça, sur un coup de tête. Tout en conduisant, Joseph se demande comment il va meubler la soirée. Un tête-à-tête avec Mazart ne l'enchante pas. Un *happy hour* en compagnie de Bernado, pour l'entendre raconter un nouveau rebondissement dans sa procédure de divorce ? Non, pas trop non plus. L'énergie de s'intéresser à quelqu'un d'autre que sa pomme lui fait défaut.

Alors il se laisse porter par la circulation, longe une périphérie où s'entrelacent des bretelles d'autoroute.

En arrivant, il allume dans la cuisine. Tout de suite, Joseph sent le poids d'un regard dans son dos. Mazart, le poisson rouge. D'habitude, c'est Lan qui s'en occupe. Elle joue à coller son nez contre la vitre de l'aquarium en dessinant des ronds silencieux avec la bouche. Il ne sait pas pourquoi elle l'a baptisé ainsi. Peut-être à cause du fait qu'un autre Mazart a écrit un requiem, entendu à l'enterrement d'un collègue de travail. En tout cas, c'était certainement mieux que de lui donner un nom de footballeur.

Joseph admet l'idée qu'on puisse être déstabilisé par le regard cynique d'un chien de combat ou par un perroquet qui répète inlassablement ce qu'il entend avec un accent sud-américain, mais par les grimaces d'un poisson rouge, est-ce bien sérieux ?

CHAPITRE 7

Maintenant, Mazart le fixe avec une sorte d'ironie entre les ouïes. Pourquoi Lan n'est-elle pas là ce soir ? A-t-elle compris ce qui se trame depuis des mois avec Julie ? Non, se dit-il, c'est un hasard. Lan songeait depuis longtemps à reprendre contact avec sa mère. Elles ne se sont pas vues pendant quinze ans. Voilà tout.

Il aime deux femmes à la fois tandis que des gens crèvent de faim quelque part sur la planète. Pour décompresser, Joseph se livre à quelques mouvements de karaté, claquant des lèvres pour souligner l'impact de ses gestes. Ses bras se tendent et se replient en battements saccadés d'une telle ampleur que sa main va percuter l'aquarium qui se renverse sur la table avant de se briser sur le carrelage de la cuisine. Dans l'affolement, Joseph écrase le poisson qui frétille sur le sol.

CHAPITRE 8

Un endroit tendance, une jeunesse dorée, des néons qui clignotent, et le cœur de Vincent se met à battre plus vite. Avec l'expérience, il a appris à ne pas se jeter sur la première proie venue. Maintenant, mollo. Il aime discuter avec ses victimes, instaurer un rapport de confiance, parler musique bien sûr, cela va de soi.

Vincent déambule dans le quartier en fredonnant le chœur de la deuxième partie de la cantate BWV 21 de J.-S. Bach :

De cette vallée de souffrances
tu dois hériter
la guérison par la sève de la vigne
Non, mais non, tu es élu !
Oui, mais oui, je t'aime !
Dissipez-vous, soucis, disparaissez, douleurs !
Oui, je viens te réconforter
de mon regard qui dispense la Grâce.

Vincent possède une voix de baryton bien placée. Il a longtemps fréquenté la chorale de la fac de médecine. Instinctivement, il s'engouffre dans une ruelle ponctuée de bars privés. Bientôt, il aperçoit un piano devant lequel un garçon joue nonchalamment. Il s'assied à une table sur le côté, de façon à pouvoir observer le musicien. Musicien est sans doute un grand mot pour ce pantin amorphe qui enchaîne les standards de jazz comme d'autres font du tricot. S'il est une catégorie d'artistes que Vincent ne supporte pas, ce sont ceux qui dorment le jour pour mieux sévir la nuit. Le jeune homme est pâle et doit forcément se shooter. Regarder sa nuque suffit à l'exciter, la blondeur des cheveux, des cheveux très fins, comme ceux d'une fille, et ce profil de mannequin, cette nonchalance de junkie. Quelques clients applaudissent entre les morceaux. Le plaisir coule dans ses veines lorsque le pianiste rejoint le bar, de ses longues jambes moulées dans un jeans. Vincent déglutit lorsque celui-ci s'approche de sa table.

– Je crois bien vous avoir déjà vu quelque part, dit-il.

– Je ne pense pas, répond Vincent, qui a soudain envie de partir.

– Si... Ah, je sais ! Ne seriez-vous pas médecin ? Dans le quartier du boulevard Ouest ?

Vincent réprime une grimace.

– Oui, reprend le pianiste. Ça me revient maintenant. J'étais allé vous voir, je souffrais d'un mal de dos épouvantable, à cause du piano, et vous m'aviez donné l'adresse d'un kiné.

– Excusez-moi, mais je ne m'en souviens plus.

– Ce n'est pas grave, vous devez voir tellement de gens défiler toute la journée. En tout cas, merci pour le kiné, il est vraiment bien. Il est aussi ostéopathe, et depuis que je vais le voir, franchement, ça va beaucoup mieux.

CHAPITRE 8

— Je suis content pour vous. Est-ce que je peux vous inviter à dîner ?

Le garçon paraît surpris, flatté.

— C'est gentil... je ne veux pas abuser de votre temps...

— Qu'est-ce que je peux vous proposer ? Japonais, italien, libanais ? Vous avez une préférence ?

— J'adore les sushis, avoue le pianiste.

— Moi aussi ! dit Vincent en se levant.

Il s'en veut de prendre aussi peu de précautions. Dans la rue, le pianiste a l'air d'un gosse, il parle avec une insouciance émouvante, tandis que Vincent fait mine d'écouter.

— Non, parce que jouer dans les clubs, ce n'est pas mon truc. Le patron me demande de mettre la sourdine et d'enchaîner les tubes, tout ça pour me payer au lance-pierre...

Vincent aimerait poursuivre cette conversation, dire par exemple qu'il préfère Cole Porter à Bill Evans ou qu'il a récemment expérimenté un doigté à la main gauche pour jouer le boogie-woogie sans douleur au poignet. Il voudrait parler de pianiste à pianiste, mais il n'arrive pas à se définir comme musicien interprète. Critique, oui, observateur ou historien, musicographe, mais pas claviériste.

— ... faut que j'assure, poursuit le garçon, parce que mon copain ne travaille plus, il est malade...

Au mot *copain*, Vincent sourcille.

— Malade ? demande-t-il.

— Ben oui... séropo...

L'excitation de Vincent s'amplifie. Dans sa poche, il palpe son scalpel.

— Si vous voulez, je peux vous prêter de l'argent.

L'autre paraît se méfier.

— Pourquoi vous voulez m'aider ?

— Parce que je vis seul et que j'ai du fric. Autant en faire profiter quelqu'un...

— C'est vraiment sympa ce que vous faites.

– On va aller manger, et ensuite nous irons voir ton ami, d'accord ?

Vincent lui met la main sur l'épaule, comme un père envers son fils. Ils marchent silencieusement.

– Il n'y a plus de restaurant par là-bas, dit le pianiste.

Vincent sourit.

– Ne t'inquiète pas, je connais le meilleur japonais de la ville.

– Je vous fais confiance !

À quelques mètres, une silhouette blottie dans l'ombre les observe. Yasmina a troqué ses talons du cabinet médical contre des Sneakers Nike qui lui donnent l'impression de léviter au-dessus du sol. Elle savait que Vincent sortirait ce soir. En général, dès le matin, il s'habille bien, avec des tissus anglais. Elle sent une énergie particulière chez lui, fébrile et tendue. Elle aussi, par effet de capillarité, sent son rythme cardiaque bien au-dessus des normales. Elle accède à un autre état de conscience où ce qu'elle fait n'a plus rien de rationnel. Derrière les deux hommes, son appareil photo armé, elle progresse en diagonales, pareille à un ange des ténèbres.

Vincent et le pianiste traversent le parc. Le brouhaha de la ville s'estompe progressivement. Bientôt le calme est total, à peine troublé par le chant des feuilles, dans les arbres. L'humidité monte du sol et l'odeur de tourbe saisit les narines.

– Viens, prenons par-là, dit Klotz, en désignant un petit pont de bois.

– Vous êtes sûr ?

– Oui, il y a une sortie plus loin, derrière l'université.

– On dirait que vous connaissez bien le coin.

– Je fais mon jogging ici tous les matins.

CHAPITRE 8

Vincent s'efface pour laisser le garçon passer devant, sur le petit pont de bois.

– C'est la pleine lune, remarque le pianiste. Vous voyez ?

– Oui, dit Vincent, en lui enfonçant le scalpel une première fois dans les lombaires puis au niveau de la carotide.

Cet idiot s'effondre sur le pont. Vincent est obligé de le soulever pour le faire basculer par-dessus la rambarde. Dans un film, il y aurait probablement des crocodiles, mais ici, les feuillages cachent une ridicule rivière artificielle.

CHAPITRE 9

Joseph est debout aux aurores. Il marche de long en large dans la cuisine, buvant café sur café en attendant l'heure d'ouverture des magasins. Son regard reste accroché à l'endroit où se trouvait le bocal de Mazart et il a l'impression de mieux respirer maintenant.

Il hésite bientôt devant la boutique peinte en vert triste. Enfin, prenant son courage à deux mains, il pousse la porte. Il doit être le premier client de la matinée. Le magasin sent mauvais. Les animaux baignent dans des litières usées. Une vieille en blouse grise, au nez chaussé de lunettes cerclées de fer, fait ses comptes sur une table encombrée de cages. Joseph effectue rapidement ses achats, comme s'il ne voulait pas que la commerçante puisse un jour le reconnaître.

Dans la rue, il marche vite, avec sous un bras un aquarium et au bout de l'autre un poisson dans un sachet plastique rempli d'eau.

Arrivé chez lui, il plonge le sosie de Mazart dans l'eau claire du nouvel aquarium. Comme pour satisfaire à une sorte de rituel, il se prépare du café et le boit face au bocal. C'est alors que le poisson s'arrête de nager pour s'immobiliser, face à lui, la tête hors de l'eau, la remuant, comme pour imiter l'ancien poisson rouge.

Troublé, Joseph détourne le regard. Seule consolation, Lan ne verra pas la différence, tout comme elle retrouvera un Joseph égal à lui-même, inchangé. C'est cela qui compte et rien d'autre.

Durant la nuit, une rêverie douce lui a inondé l'esprit : Lan, couverte d'écailles scintillantes, nageant dans l'eau transparente d'une rivière. Joseph tente en vain d'attirer son attention, mais la sirène ne l'entend ni ne le voit, comme si elle appartenait à un autre monde que le sien.

Lan l'appelle un moment plus tard pour lui dire que ses retrouvailles avec sa mère se déroulent au mieux, au-delà même de ses espérances. Elle restera une bonne semaine, si tout va bien. Elle a posé ses jours au boulot. Joseph l'écoute comme dans un songe.

– Et Mazart ? demande-t-elle. Comment va-t-il ?

– Bien... oui, très bien... répond-il, avec la vision du poisson écrasé sous son pied.

– Je te rappelle pour te donner des nouvelles. Maman a très envie de faire ta connaissance ! Oh, Joseph, c'est génial ! Je crois que tout va bien aller maintenant.

Lan peut-elle le voir à cet instant ?

– Tu es content pour moi ? demande-t-elle.

– Oui, c'est formidable, parvient-il à articuler, très las.

Il l'entend soupirer.

– Tu es en pleine dépression, Joseph.

– Non, c'est juste que j'ai mal dormi et...

– Je te rappelle plus tard, bisous.

Joseph reste un long moment sous la douche. Il a rendez-vous avec Julie et il choisit des vêtements qu'il ne porte plus depuis longtemps. Il se sent un peu engoncé parce qu'il a pris du poids. Les couleurs claires le rajeunissent. Depuis quelques années, il s'habille en noir. Finalement, il reprend ses vêtements de la veille.

Sur la route, absorbé par ses pensées, il grille un feu et freine à mort pour ne pas s'encastrer dans un landau. La jeune maman lui adresse un doigt d'honneur. Le front en sueur, il redémarre tout doux, jusqu'au magasin de fleurs, avant de rejoindre l'embranchement du périphérique.

Julie est au téléphone avec un galeriste. Joseph fait le tour de l'atelier, un bouquet de roses rouges à la main. Avant de la rencontrer, il ne connaissait rien à la peinture. Il savait que ce monde existait et qu'avec un peu de chance, ou du piston, on pouvait en vivre confortablement. Mais depuis qu'il a vu comment naissent les toiles, quels sont les gestes et les attitudes, l'importance de la lumière, et les soucis quotidiens que rencontrent les artistes, c'est différent. Joseph ne possède pas les mots et ne les possédera certainement jamais, et Julie elle-même déteste les ergoteurs de l'art. « Tu as une matière, dit-elle. Et cette matière te parle ou pas. Tu comprends sa langue ou tu ne la comprends pas. Point barre. »

Un tout autre univers que celui de Lan, qui travaille comme chargée de clientèle dans un grand magasin.

Julie le rejoint, visage tendu. Ses yeux virevoltent dans tous les sens.

— Ce mec de la galerie Bern, il me prend 60 % sur mes toiles. La queue s'allonge un peu plus tous les jours devant la boutique de cet enfant de salaud, et si je reprends mes tableaux, un autre accrochera les siens dans la minute qui suivra. Exposer chez Bern, c'est être sûr d'avoir un article dans *Gallery News*. Son magasin est inclus dans le tour-opérateur des touristes japonais, des Russes, et bientôt des

Martiens ! Merde, 60 % pour accrocher un tableau à un clou ? Comment je m'en sors, moi, à ce tarif-là ?

Joseph lui prend la main.

– Je suis là, dit-il.

Julie se touche le ventre.

– Tu as pu parler avec ta femme ?

– Elle est partie voir sa mère et...

– Je m'en fous de sa mère.

Joseph débarque au boulot à 10 heures 30 alors que, d'habitude, il déboule vers 8 heures. Mais aucune remarque de la part de ses coéquipiers. Il y a des jours où personne n'ose rien lui dire, tellement ses traits sont creusés. Joseph prend sur lui, essaie de sourire, tout en continuant de penser à Julie. Ce qu'il aime, chez elle, c'est sa façon cash de dire les trucs. Mais putain, qu'est-ce que ça fait mal !

Son équipe est à pied d'œuvre depuis ce matin. Le corps d'un pianiste de jazz a été retrouvé par un agent d'entretien du parc, un dénommé Slavek, descendu sous le pont de bois afin de satisfaire un besoin pressant. Ses pas incrustés dans la terre humide ont rendu le travail de la police scientifique particulièrement fastidieux. Assis dans le bureau, Slavek tremble de tous ses membres et un jeune flic lui colle une barre chocolatée entre les lèvres. L'agent d'entretien s'en veut d'avoir eu l'idée d'aller pisser sous le pont. Le voilà maintenant en première ligne et cela ne cadre pas avec sa nature effacée. Son bleu de travail est maculé de taches et Sugar l'observe fixement.

– C'est du sang ?

– Non, répond l'homme. C'est de la peinture.

– On va vérifier.

– On a repeint les bancs cette semaine. Je vous jure.

– Monsieur Slavek, intervient Joseph, vous avez découvert le corps à quelle heure ?

CHAPITRE 9

— Ben, ce... ce matin, aux environs de 8 heures...

Joseph se tourne vers Sugar.

— À quelle heure on situe la mort ?

Sugar consulte ses notes, des bouts de papier. Il n'a jamais pu se résoudre à utiliser un calepin.

— Entre 23 heures et 2 heures du mat'.

— Vous étiez où à cette heure-là ?

— Pourquoi ? s'étrangle l'homme.

— Simple question de routine.

Slavek raconte sa soirée mais Joseph ne l'écoute plus. Il laisse Sugar continuer l'interrogatoire et se dirige vers Bernado.

— Le légiste a envoyé son rapport ?

— Un peu, oui. Primo, il n'y a pas eu lutte, la victime connaissait son meurtrier. Les vertèbres cassées sont le fait - hypothèse, selon lui, à confirmer - de la chute par-dessus la rambarde du pont. Secundo, l'arme qui a été utilisée n'est pas une vulgaire lame. Il opterait pour un instrument de viandard, redoutablement affûté. Tertio, le meurtrier possède une excellente connaissance anatomique. La carotide a été tranchée de façon exemplaire, d'un seul geste. Ziiip !

— Un boucher ? fait Joseph.

Bernado étale le contenu d'un sac plastique transparent sur sa table.

— Les poches du mort, dit-il en souriant.

— Un tapineur ?

— Même pas. Un certain Nicholas Schulz. Il a une carte du syndicat des musiciens. Quand on dit que la musique adoucit les mœurs !

— Musicien ? répète Joseph.

— Oui, pourquoi ? C'est une espèce protégée ?

— Non rien...

— À quoi tu penses ?

— La fille qui a disparu... Deborah...

– Cécilia... Cécilia Berger.

– Oui, c'est ça.

– Et quoi ?

– Elle aussi était musicienne.

– Ah oui, c'est vrai.

– D'ailleurs, à ce propos, intervient Sugar, on a retrouvé son portable dans une ruelle près des entrepôts. *A priori* un endroit où elle n'avait rien à faire. Elle a passé son dernier appel le 5 juillet, à 18 heures 30, c'est-à-dire une heure avant son concert Scarlatti. Nous avons appelé le numéro. Il s'agit de son agent Rachel Davis, Early Music Concerts. Cécilia l'a appelée juste avant son dernier récital, puis plus rien. Si, elle lui a dit qu'elle avait rendez-vous avec un producteur de disques après le concert.

– Son nom ?

– Elle ne l'a pas retenu. Elle m'a juste dit qu'elle n'en avait jamais entendu parler.

– Bon boulot, dit Joseph. Revenons au pianiste de jazz.

– Oui, enchaîne Bernado, on sait où travaille Nicholas Schulz. Le soir du meurtre, il jouait au Evans Club. Le portier raconte que le pianiste a quitté l'établissement en compagnie d'un homme, mais de là à se souvenir de la tête du type, c'est trop lui demander.

– Enfin, merde ! grogne Joseph. Il n'avait pas un truc bizarre, je ne sais pas moi, une prothèse auditive, un pied bot, une balafre, un œil de verre, un bonnet d'âne ?

– Ben non.

– Chinois ? Yougo ? Black ? Breton ? Pakistanais ? Blanco ?

– Gaulois.

– Ah, tu vois qu'en cherchant bien... Vieux ou jeune ?

– Entre les deux.

– Bien ou mal fringué ?

– Forcément bien, vu qu'il a pu pénétrer dans le club. Ils filtrent les entrées, c'est sélect.

CHAPITRE 9

Sugar se fend d'un sourire désabusé.

— Voilà de la matière pour un chouette portrait-robot. Un type blanc entre deux âges, plutôt bien fringué, c'est vrai que ça ne court pas les rues. Ça pourrait être le gars là-bas qui promène son clebs, ou le père du mari de ta fille. Cela pourrait être toi aussi.

CHAPITRE 10

Cela fait quelques années que Yasmina travaille pour le docteur Klotz. Il ignore qu'elle n'est pas là par hasard et que ses études de secrétaire médicale n'ont eu d'autre but que se rapprocher de lui sans éveiller les soupçons. Bien sûr, elle a raconté qu'elle n'avait ni parents ni mari et s'est comportée comme si elle était amoureuse de l'intrigant docteur Klotz. Ses amis pourraient le décrire comme quelqu'un d'important dans la vie de la jeune femme, même s'il ne s'est jamais rien passé entre eux. Mais bientôt, pour satisfaire la curiosité de ses copines, Yasmina doit s'inventer une vie sexuelle avec ce mystérieux médecin qu'elle ne présente à personne. Une horreur de raconter ce genre de chose à propos de ce genre de type. Mais elle n'est pas à un sacrifice près. Elle ne sait pas très bien en quoi consiste sa mission, mais une chose est sûre, c'est qu'elle remplit maintenant toute sa vie.

Sinon, sur un plan professionnel, c'est tranquille. Le docteur la paie bien, bien au-dessus de ce que perçoivent les secrétaires médicales. C'est elle qui choisit ses congés comme la couleur du cabinet quand, tous les trois ans, le docteur décide, sur ses conseils, de le faire repeindre.

Et puis, chaque fin d'année, il l'invite au restaurant, tête-à-tête qu'elle savoure toujours intensément. La vérité, c'est qu'elle attend le jour où il sera à elle, et rien qu'à elle. Klotz semble vivre seul, mais elle n'en est pas tout à fait sûre. Elle sait aussi qu'il aime la musique classique et qu'il joue du piano. Étant elle-même très mélomane, elle peut soutenir une conversation sur le sujet. Bon, elle se demande aussi si le docteur ne préfère pas plutôt les hommes, ce qui pourrait en partie expliquer la façon qu'il a de ne pas l'écouter. En même temps, elle aurait pu tomber sur pire.

Elle habite un petit pavillon en périphérie qui pourrait avoir un certain charme, mais son carré de jardin est en friche depuis longtemps. Non, toute seule, cela n'a pas de sens. Certains bonheurs n'existent que dans le partage. Elle ne répond plus aux messages, ses amis ne viennent plus et ne l'invitent plus. Elle se demande si elle ne va pas prendre un chat.

De toute façon, elle n'a pas la force de jouer un rôle. Elle a un objectif à atteindre. Ce n'est ni un plaisir ni une corvée, c'est ainsi, voilà tout. Chaque fois qu'elle est sur le point de laisser tomber, les phrases en tamazight de sa mère lui reviennent en mémoire.

Elle ne peut pas dire qu'il ne fait pas des efforts. Vincent est déjà venu, pour un pique-nique dans la courette. Yasmina avait branché une guirlande lumineuse de guinguette, après avoir, les jours précédents, arraché les mauvaises herbes, taillé la vigne grimpante, et balayé le sol. Mais depuis, elle n'a plus le courage. Elle se souvient parfaitement de cette soirée, pour son anniversaire, il y a quelques années. Il lui offre un magnifique vase en opaline ainsi qu'une lithographie encadrée. Pour le remercier, elle l'embrasse sur les joues et Klotz lui dit d'une voix infiniment douce, presque inaudible, en lui prenant la main : « Bon anniversaire, ma chère Yasmina. »

Elle se souvient aussi d'une autre fois, au cabinet, un souvenir horrible, très désagréable. C'est la Saint-Vincent. Après le départ de la dernière patiente, vers 18 heures, Yasmina sort un livre de son sac et le tend à Vincent.

– Bonne fête, Docteur.

Vincent tique en déchiffrant le titre de l'ouvrage : *Baroque et modernisme*, de Paul Van Esperen.

– Dois-je prendre cela comme un trait d'humour, Yasmina ?

– Pas du tout, Van Esperen est à l'origine du renouveau des instruments anciens, explique-t-elle, prudemment, un peu douchée par sa réaction. Ce livre raconte le chemin parcouru depuis cinquante ans. Je me suis permise de le lire avant de vous l'offrir. Un collègue de la chorale me l'a fortement recommandé. On peut le savourer sans être pour autant un spécialiste.

– La vulgarisation se reproduit comme une famille de cafards.

– C'est vrai, reprend-elle, mais ce qui est passionnant, c'est de voir à quel point les mentalités ont changé en quelques décennies. Aujourd'hui, il est devenu naturel de jouer la musique du XVIIe siècle selon certains codes d'interprétation.

Vincent l'écoute sans l'interrompre. Elle a le sentiment de devenir quelqu'un à ses yeux. Adieu la secrétaire médicale effacée, place à la femme passionnée, cultivée, mélomane, capable d'aborder des sujets qui intéressent Klotz.

– Je sais que vous refusez cette idée d'authenticité, continue-t-elle, mais la lecture de cet ouvrage ne vous laissera pas indifférent. Et peut-être vous aidera-t-elle à revoir vos jugements.

Elle continue, intarissable, d'une voix émerveillée absolument inadmissible. Elle le sent bouillir intérieurement, style : *mais qui es-tu, petite idiote, pour parler ainsi de choses qui te dépassent ?* Elle pérore ! Écoutez-la ! Elle lui fait penser à ces gens qui, à l'entracte des concerts, une coupe de champagne à la main, se croient obligés d'avoir un avis sur la musique. Lui s'est battu toute sa vie pour essayer d'empêcher cette prolifération de beatniks, adeptes des cordes en boyaux et du diapason ancien. Et voilà que, contre toute attente, Yasmina, sa dévouée secrétaire, se lance dans l'apologie du renouveau de l'ancien avec une verve dont il ne l'aurait jamais cru capable.

– Comment pouvez-vous soutenir ce bouquin de propagande ? fait-il avec véhémence. Défendre les baroqueux, diable, et pourquoi pas les fast-foods ! Outre qu'ils emploient un diapason frauduleux, outre qu'ils soufflent dans des vents souffreteux, les ensembles baroquisants exagèrent leur fausseté auditive par leur refus tout janséniste – et parfaitement injustifié – du vibrato !

Il a haussé la voix. Yasmina recule. Les traits du visage de Vincent se sont transformés. Son regard est devenu dur, exalté et terrifiant.

– Ce... ce n'est pas grave, dit-elle. Parlons d'autre chose.

– Non ! Vous m'offrez cet infâme torchon, *Baroque et modernisme*, de Paul Van Esperen ! Je connais le travail de l'animal ! Et quand je dis *travail*, je ferais mieux d'employer le terme de *fumisterie* ! La prétention de reconstituer ce fameux son d'époque ne reposera jamais que sur une illusion... en admettant que cet objectif possède le moindre intérêt. Même si les hautbois de l'époque de Bach cancanaient de façon aussi déplaisante que ceux de Paul Van Esperen, ce n'est pas une raison suffisante pour nous les infliger. Comment osez-vous, Yasmina, défendre cet intégrisme déplorable, cette croyance musicologique de pacotille ? Profanation musicale !

CHAPITRE 10

Ce type est un gros malade, constate-t-elle, une fois de plus.

– Vincent ? prononce Yasmina d'une voix qui semble venir du ciel, ce n'est pas grave. Nous pouvons parler d'autre chose. Pardon. Pardon d'avoir été maladroite, indélicate. Vous savez, au fond, je me moque de savoir si un violoniste joue avec des cordes en boyau de mouton ou sur de l'acier ou de la soie.

– Eh bien, moi, je ne m'en moque pas. Voilà ce qui nous sépare, Yasmina.

– Non, Vincent, rien ne nous sépare.

– Ah, vous croyez ? La solitude n'a plus rien à m'apprendre. Ainsi se cristallise la croix des génies.

Ce monstre a l'air si vulnérable qu'elle pourrait l'étrangler puis l'écraser à coups de talon, rallonger sa souffrance, en faire un moment d'exception. Mais Yasmina laisse le temps se prolonger, jusqu'à l'oubli, pour qu'un jour, elle ne sait pas encore lequel, la surprise n'en soit que plus fracassante.

CHAPITRE 11

Des bruits musclés ajoutent de l'animation dans le couloir du commissariat central. Il est 11 heures, le moment pour certains de la pause-café. Éva et Chris font une entrée remarquée en tirant un type par le col de sa chemise. On dirait qu'elles malmènent un animal qui ne veut pas avancer. Éva passe la tête dans le bureau. Joseph est avec un type sur le point de pisser dans sa salopette de Super Mario. En attendant que la place se libère, les deux inspectrices attachent le jeune type à un radiateur des années 1930.

– Je te signale qu'au moindre mouvement, tu fais exploser la plomberie.

– Putain, j'ai rien fait.

Chris se retourne, tandis que sa main s'écrase à plat sur le visage du photographe.

– Tu m'as appelée comment, déjà ?

Quelques gouttes de sang tombent sur le col de la chemise blanche. Le mec comprend que c'est mieux de ne pas répondre, éviter les incompréhensions mutuelles. Putain la meuf, c'est carrément la haine des mecs. Sûr que s'il avait été une femme, elle ne l'aurait pas frappé. Non là, de façon totalement discriminante, elle utilise le langage de l'oppresseur.

Une fois la comparution de Slavek terminée, Éva la brune détache le photographe et le pousse dans le bureau, à coups de genou dans le dos.

– Il rôde depuis quelque temps dans la maternité, dit Chris la blonde. Ce sont les infirmières qui nous ont prévenues. Monsieur Cantoni est photographe. Il passe dans les chambres pour tirer des portraits de bébés, un business qui marche bien. Mais aucun contrat n'a été signé. Personne ne sait d'où il sort. Par contre, en fouillant son ordinateur, on est tombé sur au moins trois mille photos de lardons.

– Mais encore, dit Joseph.

– Certains bébés sont... comment dire... exotiques. Comme dans un catalogue. Ça marche par couleur, par pays : des Blacks, des Chinois, des Viets, des pays de l'Est. Avec une étiquette au bas de la photo indiquant l'âge, le poids, et le prix.

Joseph se plante devant le photographe qui a l'air terrifié.

– C'est vrai, tu photographies les nourrissons sans accord de la maternité ?

– Je remplace un copain qui, lui, avait l'autorisation.

– Et pourquoi tu le remplaces ?

– Il a eu un accident de moto.

– Grave ?

– Ben oui, assez. Il est sur une chaise roulante.

– Et toi tu lui prends son taf, bravo !

– C'est lui qui m'a proposé le deal. En échange de son matos, je lui file 30 %.

Joseph a une pensée pour Julie qui se fait racketter par son galeriste.

– Et ces bébés exotiques ? N'essaie pas de me faire croire que tu as pris les photos à la maternité du coin.

– Je veux un avocat, murmure Cantoni.

CHAPITRE 11

Joseph fait mine de n'avoir pas compris et s'adresse à ses collègues.

— Qu'est-ce qu'il veut ?

— Je sais pas, répond Sugar. Peut-être qu'il a soif.

Joseph s'approche de Cantoni.

— On va feuilleter le catalogue ensemble.

Bernado tourne le second écran, à côté de Chris, branche la prise au vidéoprojecteur et ouvre le dossier photos. Des corps de bébés s'impriment sur le mur lézardé de la pièce, avec un libellé en bas de page. Joseph lit tout haut, en faisant défiler le diaporama. Le cliché précède le texte. Sur certains, les grosses mains d'adulte qui tiennent l'enfant sont assez visibles.

— Mâle. Trois mois. 6 kg. Togo. 50 000 euros ! Femelle. Un mois. 4 kg. Pologne. 100 000 euros ! Femelle. Sept mois. 8 kg. Nigeria. 25 000 euros ! Mâle. Trois semaines. 3,5 kg. Vietnam. 135 000 euros ! Est-ce que je continue bordel de merde ? Tu prends combien sur chaque transaction, hein ?

Joseph balance son coude en arrière. Cantoni encaisse le choc sans broncher. Du sang coule sur son pantalon. Sugar caresse l'épaule de son chef.

— On va s'en occuper, Joseph, laisse-le-nous.

CHAPITRE 12

Mon frère Vincent a raison, plus rien ne m'incommode, je suis une bête. Mais une bête capable de voyager dans sa tête. On ne saura jamais. J'ai toujours en mémoire la caresse du soleil, la fraîcheur de l'ombre, les parfums de la terre et les promesses du crépuscule. Mon seul avenir, c'est le passé, m'accrocher aux parois de l'utérus, un tube trop étroit pour deux, on devait se pousser du coude pour gagner la sortie. Il n'a pas compris que je ne voulais pas le suivre, que je n'étais pas prêt. Seulement, il ne voyait rien et continuait de se frayer un passage en voulant m'écarter, mais tout en m'entraînant avec lui, dans son sillage houleux, dans lequel je m'engloutissais sans pouvoir décider de mon sort, dès lors soumis aux lois de la dépendance absolue. Je crois avoir eu un moment de répit lorsqu'il est sorti, me disant qu'enfin plus rien ni personne ne m'arracherait à ce tombeau. Surtout ne pas sortir vivant, attendre d'être mort.

Mais la main de l'obstétricien, pareille à une pince à sucre, m'a saisi fermement. Un voile noir s'est propagé dans mon cerveau et, lorsque j'ai émergé à l'air libre, les cris de ma mère se sont transformés en pleurs. Pourtant, personne ne savait encore que je ne parlerais pas, que ni ma bouche ni mon corps ne seraient capables de la moindre expression, et que je regarderais s'écouler les années avec l'immobilité d'un légume. Non, ça n'était pas encore marqué sur mon front. À ma naissance, on a juste découvert – et c'était déjà beaucoup – que les extrémités de mes membres étaient repliées sur elles-mêmes et qu'il fallait certainement envisager une importante déficience motrice. Diagnostic optimiste. On s'est aperçu par la suite que l'atrophie se muerait en une lente et inexorable dégradation. Concrètement, aujourd'hui, j'arrive à bouger quelques doigts et à soulever le bras de quelques centimètres, sinon rien, le néant. Je bois avec une paille et parviens à ronger un os quand celui-ci est bien calé entre mon poignet et mon menton. Alors, c'est vrai, ça dégouline un peu quand je mange, mais comme je n'ai jamais connu autre chose, j'ai fini par m'y habituer. Évidemment, à l'époque, on me nourrissait à la petite cuillère, on m'essuyait les lèvres, on me changeait, on me coiffait, on m'habillait, j'étais très mignon, comme l'autre, mon frère. Nous étions des jumeaux, l'un debout, l'autre couché.

Pendant longtemps il a fait comme tout le monde, il s'est occupé de moi. J'imagine que ça n'a pas dû être facile pour lui de voir son double incapable de se moucher tout seul – mais aussi être l'objet de toutes les attentions, parents, famille, amis. Lorsqu'on est impotent, il faut du personnel, et de l'amour, beaucoup d'amour. J'en ai reçu, sans doute trop, c'est aujourd'hui la source de notre discorde. Quand tous nos proches ont fini par mourir, lorsqu'il m'a pris avec lui et que nous avons commencé cette vie à deux, dans un total isolement, j'ai compris qu'il manigançait l'affaire depuis longtemps.

Il est venu me chercher dans cette institution religieuse pour handicapés où j'avais été admis. Les membres de l'équipe soignante ont loué cette initiative. Il en fallait de l'amour et de l'abnégation pour recueillir son vieux légume de jumeau ! Étant médecin et jouissant d'une certaine aura, Vincent s'est débrouillé pour faire disparaître mon dossier.

Ma chambre est plongée dans l'obscurité mais s'éclaire à l'heure de l'apéritif, quand il me sert mon whisky avec une paille, et puis un autre, pendant qu'il me mitonne des petits plats. Paisiblement. Vient ensuite le grand boum, le feu d'artifice dans ma tête, à l'heure de l'injection. Ah oui ! Soudain, c'est Versailles dans mes tripes, et je n'ai plus mal nulle part, plus de honte à chier sous moi, à nager dans ma pisse, à gerber sur mon plastron. Parce que c'est le début du voyage qui dure une vingtaine d'heures. Ensuite, il faut recharger les batteries – et mon frère le sait, lui qui a raclé les bancs de la fac de médecine. Il n'existe pas de drogués heureux, dit-on, moi je dis que c'est faux.

CHAPITRE 12

Mon seul problème, c'est de voir mon frère perdre la tête pour un oui ou pour un non. J'aimerais bien l'aider mais, malheureusement, j'en suis incapable. Il hurle la nuit, se lève, se recouche, je l'entends aller et venir dans l'appartement sans savoir ce qu'il fabrique au juste. Ah, si seulement je pouvais me déplacer et le surprendre. Mais qui me dit que je ne serais pas déçu ?

CHAPITRE 13

Le récit croise maintenant la trajectoire de Marie-Benoîte Delpierre. L'inconnue est assise à l'arrière d'un taxi et tient un bébé dans ses bras. Les beaux quartiers déploient leurs places en étoile et leurs larges avenues ponctuées de platanes. Marie-Benoîte a rendez-vous avec le docteur Hugo, chirurgien et médecin esthétique spécialisé dans le rajeunissement du regard et les traitements de médecine esthétique.

La demande de la femme est un peu particulière, car elle concerne un nourrisson de quelques mois. Hugo commence par décrire un processus de débridage classique qui s'effectue de manière percutanée afin d'éviter toute cicatrice sur la paupière.

– Cinq ou six incisions cependant, à l'aiguille, puis suture de la paupière entre le tarse et la nouvelle ligne du pli palpébral. Les fils sont retirés six jours après l'intervention. C'est donc une opération assez courante, sans danger, mais qui ne peut en aucun cas être pratiquée sur un bébé.

La femme semble déçue puis chuchote quelque chose à l'oreille du chirurgien. Ce dernier hoche gravement la tête, puis dit :

– Pas avant 15 ans, sinon il en portera les séquelles toute sa vie.

– 15 ans ! répète Marie-Benoîte. Mais comment je vais faire ?

Dans la rue, elle se retourne souvent, comme pour vérifier qu'elle n'est pas suivie. Elle appelle son mari qui lui dit : « Calme-toi, il ne peut rien t'arriver. Et puis arrête avec ces histoires de débridage des yeux, c'est ridicule. »

CHAPITRE 14

— Ça y est, annonce Chris, en débarquant dans le bureau, suivie de sa comparse.

— Quoi donc ? demande Joseph.

Éva lui remet un dossier.

— On a retrouvé la musicienne.

— Dans quel état ?

— Oh, pas brillant.

La loi des séries exerce ses ravages partout où le mal sévit, Joseph y est habitué. Un lien rapproche deux affaires *a priori* isolées. Ce n'est pas de la chance, encore moins du hasard, seulement le résultat d'un long et fastidieux travail, parfois inutile, auquel se livrent ses équipes.

Quelque part dans les entrailles des entrepôts déserts, voués aux rendez-vous nocturnes des dealers, où l'écho d'un seul homme évoque l'avancée d'une armée, où le vent signe son passage en balayant le sol de ses seringues et de ses préservatifs, le corps en voie de décomposition de Cécilia Berger fait le bonheur des surmulots errants, en quête de chair et de sang.

Chris reprend :

– Après l'avoir mutilée, ce connard a fait glisser le cadavre dans une bouche d'égout, ce qui explique qu'on ait mis tant de temps à le retrouver. Ce dernier était à moitié bouffé par les rats. Merde, quand on parle de violence des jeunes de banlieue, ce n'est rien par rapport à cet acte calmement prémédité, millimétré, accompli avec un souci du travail bien fait.

– Je vais gerber, dit Éva.

– Tu veux un verre d'eau, ma chérie ? demande Chris.

Éva se crispe.

– Pas ici, je te l'ai déjà dit.

– Joseph s'en fout.

– Pas moi.

Joseph parcourt le rapport du légiste en diagonale. C'est gratiné. Les observations se terminent en des termes presque élogieux sur la façon dont les actes ont été pratiqués.

À peine a-t-il refermé le dossier que Bernado, faisant irruption dans le bureau, suivit de Sugar, lui en tend un autre, tout en expliquant :

– Le truc confirme que la colonne vertébrale du pianiste Nicholas Schulz a bien été sectionnée entre les lombaires L4 et L5, toujours par la même lame, avant la chute du corps par-dessus le pont.

– Sa façon de découper le poulet, nickel, reprend Sugar en agitant les photos. Peut-être un mec qui a fait l'école hôtelière.

– Le Boucher... dit Joseph. Même précision du couteau, deux musiciens...

– C'est notre dingue, confirme Sugar. On le tient.

Joseph referme le rapport et allume une clope en dépit de l'interdiction.

– Bon, il reste à annoncer la nouvelle aux proches des deux victimes.

CHAPITRE 14

Les moments *agréables* de son métier. Depuis qu'il sait qu'il va être père, Joseph se projette dans l'avenir. Personne n'aura le droit de toucher un cheveu de son enfant. Personne. En même temps, quand on n'est pas capable de s'occuper d'un poisson rouge, ça va être compliqué avec un gosse. C'est dingue parce qu'il n'arrive pas à y croire, comme si la situation était basée sur une erreur.

Lâchement, il demande à Sugar de s'en occuper et se tourne vers Bernado.

– Où en est-on avec l'affaire des bébés ?

– Personne n'a rien vu, rien entendu. Le directeur de la clinique pense qu'il est impossible de voler un nourrisson sans la complicité de quelqu'un de la maison. Parce qu'un bébé ne reste jamais seul. Éva et Chris ont entrepris d'interroger le personnel soignant. Mais la profession est soudée. Il ne faut pas s'attendre à des merveilles. Une sage-femme a refusé de se montrer coopérative, mais Chris a réussi à la faire changer d'avis avec deux mandales dans la gueule. Je peux te dire que la sage-femme, elle a vite déboutonné sa blouse blanche de princesse. Éva et moi, c'était limite fou rire.

– Limite n'importe quoi, dit Joseph. Je vais lui dire de se calmer.

Un message sur son portable lui annonce que sa présence est désirée sur le plateau du journal télévisé de 20 heures. Rien qu'à son regard de souffrance, les autres comprennent.

– Ils veulent t'entendre sur l'affaire de la maternité ou sur celle des cadavres ? demande Éva.

– Je n'en sais rien. Putain, ça me stresse. Le truc en direct, j'ai toujours peur de dire une connerie.

CHAPITRE 15

« Te souviens-tu du temps où nous vivions près de la Commanderie ? demande Vincent. Je me transformais en garçon d'écurie pendant les vacances. Comme disait papa, l'odeur de crottin vous fera du bien. Toi, tu me regardais pousser la brouette de fumier. C'était la belle vie, n'est-ce pas ? La tête déboîtée sur le côté, la bouche écumeuse, pareil à un poisson crevé. Une fois, j'avais garé ton fauteuil près de la fosse à purin, sur une ligne pentue, j'avais ressenti que tu me suppliais de te pousser vers cette mare de déjections. Oui, j'avais cru lire cette prière dans ton regard souffreteux. Être soulagé de ton martyre ! Mais je n'avais pas cédé à ta demande. Et aujourd'hui, j'en suis désolé. Sincèrement, je te demande de me pardonner de ne pas t'avoir libéré à ce moment-là. Pardon !

Mais comprends-moi, j'aurais dû ensuite en supporter les conséquences. À cause de toi, j'aurais été, d'ailleurs à juste titre, accusé d'être un enfant désaxé. Alors excuse-moi si j'ai préféré attendre la mort de nos parents pour enfin m'occuper sérieusement de toi. Quand je rentre le soir, je sais que quelqu'un m'attend dans cette chambre qui pue la bête. C'est ton odeur qui m'a rappelé cette histoire de fosse à purin. Sans compter qu'avec l'âge, tu as dû le remarquer, j'ai tendance à m'abîmer facilement dans le passé. Comme je disais, je me suis attaché à toi, et te perdre prématurément me précipiterait dans une sincère et profonde affliction. Pardon d'être égoïste mais, pour l'instant, je te garde avec moi. J'ai besoin de ton miroir. Certains se reconnaissent dans la beauté des autres ; moi, que veux-tu, j'ai été habitué à m'identifier à un ratage de la nature. Tu es mon frère jumeau et, au fond, je sais que je suis aussi laid que toi – sauf que, chez moi, cela ne se détecte pas au premier coup d'œil. Ta laideur est extérieure, la mienne est intérieure, c'est compréhensible, nous sommes issus du même œuf. Ensemble, nous formons une entité cohérente, un tout harmonieux. Aussi ai-je décidé que nous partirions comme nous sommes arrivés, c'est-à-dire unis l'un à l'autre. On ne change pas une équipe qui perd. Et puis tu n'as pas le droit de me quitter. Est-ce que je t'ai abandonné, moi ? Il faudra que je te montre un jour ma cuisine équipée, ma batterie de casseroles, tous mes couteaux au garde-à-vous. Je n'ai pas choisi la chirurgie mais je crois avoir trouvé un certain équilibre maintenant. Et je cuisine pour toi, comme d'autres composent des symphonies pour leur âme sœur. Bon, c'est bien de m'écouter, mais il faut manger maintenant. Tssst, pas trop vite, tu vas t'étouffer. Tu aimerais bien t'étouffer, avoue ! Pour partir ! Je ressens tout ce que tu vis intérieurement, ne l'oublie pas. Où veux-tu aller tout seul ? Même en enfer, tu n'as pas ta place. Mâche au lieu d'avaler tout cru. Seul, tu n'existes pas, mort, tu n'existeras pas davantage. Active tes neurones. Comment peux-tu imaginer un instant trouver le salut dans l'Éternel alors que tu as mené une vie de légume sur terre ? Il faut être un peu réaliste. Tu as soif ? Ah, tu es devenu complètement alcoolique ! Ça biberonne sec ! Je préfère ne pas imaginer l'état de ton foie. Ça doit être un véritable tapis troué. Rien qu'à voir tes selles, la plomberie bat de l'aile. Mais elle peut tenir, comme dans ces vieilles maisons où l'eau parvient encore à se frayer un passage dans les canalisations bouchées. Heureusement, grâce à la morphine, tu ne souffres pas. Je suis radicalement contre la douleur. Je trouve que l'humain a mieux à faire que souffrir. Et puis si tu souffrais, moi aussi je souffrirais. Doucement... Tu as du vin qui coule par le nez ! Ah non, ne pleure pas ! Non, non, non ! Ah ben voilà, pisse dans ton froc maintenant ! D'autres ont souffert avant toi et d'autres souffriront encore. Pense à Jésus sur sa croix ! Pense à tout ce qu'il a enduré et cesse de déverser ce fiel lacrymal qui n'a aucun sens ! Bonne nuit, mon frère. »

Vincent referme la porte doucement, comme un père s'éclipsant de la chambre de son enfant, le visage apaisé, le cœur pétri d'amour.

Vincent Klotz esquisse un sourire de satisfaction quand enfin, au journal télévisé, il est question de la découverte de deux cadavres. Face au journaliste, le commandant Joseph révèle l'existence d'un lien possible entre les deux meurtres, commis probablement par la même personne. Il explique également qu'un tueur en série est souvent un psychopathe qui se caractérise par son manque d'empathie et son sadisme, par sa boulimie de meurtres, par le plaisir qu'il tire de ses actes et par un sentiment très fort de supériorité. Notre boucher a malheureusement un visage humain mais, en réalité, c'est un monstre à l'intérieur...

Le docteur Klotz se rembrunit. *Comment ose-t-il ? Il m'insulte, m'humilie, moi qui ne donne jamais un coup de scalpel de trop, qui travaille proprement, comme un artiste, sans déchirer les chairs ! Ce petit fonctionnaire est-il seulement capable de comprendre le sens de ma démarche artistique, et que je suis par ailleurs l'auteur d'une longue série d'exécutions, toutes classées sans suite ?*

Il tremble d'indignation. En même temps, cette provocation ne lui déplaît pas. Les hostilités sont ouvertes. Derrière le flic se cache certainement un être humain, avec ses faiblesses et ses secrets.

CHAPITRE 16

Quelqu'un dans la ville, qu'il a surnommé le Boucher, se balade en liberté. Peut-être occupe-t-il de hautes fonctions, on voit tellement de tout chez les dingues. Joseph est à la fois blasé et atteint, meurtri. La sauvagerie du dehors gangrène sa citadelle intérieure. Il regrette ses paroles sur le plateau du JT. Il sait qu'inconsciemment, il a voulu provoquer le tueur pour l'obliger à se découvrir. Puéril. Cela ressemblait plus à un piège dans lequel il a sauté à pieds joints.

Il a reçu un appel de sa direction, assez peu convaincue, elle aussi, par son intervention médiatique. Plutôt que rassurer la population, Joseph s'est attaché à développer la thèse du tueur en série sans la moindre preuve sérieuse. Il a laissé parler son ressenti, ce qui est à l'opposé de ce que l'on demande à un commandant de police dans l'exercice de ses déclarations publiques. Pas trop une bonne note dans son dossier interne où pendouille la carotte du prochain grade de commandant divisionnaire.

Tout est épars et rétablir l'ordre des priorités lui paraît insurmontable. Cela commence par ce putain de poisson rouge qui le nargue, jusqu'à lui renvoyer sa propre imposture. *Comment penses-tu pouvoir gérer un tueur en série alors que la simple présence d'un poisson rouge te rend nerveux ?* C'est un métier où les certitudes permettent de se protéger. Quand elles disparaissent pour laisser place au doute, le fonctionnaire n'est plus apte à apporter lucidité et objectivité. Il représente donc un danger, aussi bien pour les forces de l'ordre que pour les civils qu'il est censé protéger. Cela fait des années que Lan lui conseille d'aller voir quelqu'un. Mais dans le métier, c'est tabou. Personne n'a envie de suivre les ordres d'un dépressif. Seule compte la qualité de la carapace, isolante comme une couverture de survie.

Au fond, Joseph ne sait pas trop ce qu'il veut, ni ce dont il a besoin. Il navigue dans un état intermédiaire. Souvent, il a l'impression de se chercher lui-même, comme à présent, observateur de sa propre vie dans son propre appartement. Il aimerait être ailleurs sans savoir où précisément. Ailleurs, simplement. Sans devoir bouger.

Joseph s'apprête à partir lorsque la sonnerie du téléphone fixe retentit dans le salon. Personne n'appelle jamais sur ce numéro, il pensait même qu'il avait été désactivé. Il hésite. Décroche sans un mot.

— Lan ? demande une voix qu'il ne connaît pas.

— Qui est à l'appareil ?

— C'est... Élisabeth, la mère de Lan.

— Oh, bonjour Madame, comment allez-vous ?

— Vous êtes Joseph ?

— Oui.

— Est-ce que ma fille est près de vous ?

— Non... Que se passe-t-il ?

— Elle devait venir me voir, tout était arrangé... et depuis, je n'ai plus aucune nouvelle.

Joseph encaisse le coup de plein fouet.

CHAPITRE 16

— Elle m'a dit qu'elle se réjouissait à l'idée de venir vous voir, mais c'est vrai qu'en ce moment… elle est totalement débordée par son travail et…

— Débordée au point de ne pas pouvoir prendre une minute pour me prévenir ? J'étais si heureuse à l'idée de renouer avec elle après tant d'années, vous pensez qu'elle a changé d'avis ?

— Non, pas du tout ! Elle me parle sans cesse de vous…

— Vraiment ?

— Oui. Écoutez, dès qu'elle rentre, je lui dis de vous appeler.

— Elle m'a confié qu'elle vivait avec quelqu'un d'extraordinaire.

— Ah ?

— Oui, et je vous ai vu hier à la télévision. Je suis impatiente de vous rencontrer.

— Moi aussi, moi aussi, répète-t-il plusieurs fois, hébété.

Après avoir raccroché, il éprouve un terrible mal de tête. Il peine à mettre de l'ordre dans ce qu'il vient d'entendre. Joseph observe le poisson rouge et tente d'accrocher son attention en agitant les doigts derrière le bocal, mais Mazart l'ignore ostensiblement. Ce n'est pas le vrai Mazart, Joseph le sait pertinemment mais, pour autant, impossible de saisir la différence. Il lui parle cependant, conscient du ridicule, mais il a besoin d'entendre les mots qui se heurtent dans sa bouche.

« Lan me ment, tu le savais ? Elle me trompe aussi sans doute. Cela aussi, tu le savais ? Mais bordel de merde ! hurle-t-il. Qu'est-ce qui se passe dans cette maison ? »

Lan a toujours été une sorte d'être parfait, d'une transparence sans égale. Elle a eu certainement de bonnes raisons de lui laisser croire qu'elle était chez sa mère, mais ce qui est incroyable, c'est de constater avec quel talent elle a su lui mentir. Et lui ne s'est aperçu de rien.

CHAPITRE 17

Le quartier de Julie n'a pas encore été refaçonné par les promoteurs. L'absence d'urbanisme lui confère un aspect branquignol et sympathique. D'anciennes maisons d'ouvriers en briques rouges côtoient des blocs de béton érigés après la guerre. Des mômes jouent au football sur les terrains vagues. Rien n'a bougé depuis des années. La concentration d'artistes s'est densifiée. Joseph ne connaît personne dans cette zone nord, il a le sentiment d'être libre, de ne plus devoir lutter. Derrière l'immeuble de Julie, un sculpteur aligne ses monumentales créatures de fer, épaves ressuscitées, spectrales et boulonnées, fières comme des girafes. Joseph reste sous le charme d'un univers qu'il ne comprend pas mais, comme un enfant curieux, il contemple ces assemblages métalliques avec l'impression d'y surprendre chaque fois une expression nouvelle.

Le vernissage attire un public hétéroclite, jeune comme vieux, faux riches, faux pauvres, mais tous friands de champagne. Julie, totalement défoncée, embrasse tout le monde en poussant des cris aigus. Joseph admire sa façon d'être elle-même, sa beauté, ourlée d'un ventre discrètement arrondi. C'est comme un mirage.

CHAPITRE 18

Le coup de la canne le range définitivement dans la catégorie des invisibles. Vincent peut se trouver à un endroit sans que personne ne remarque sa présence. C'est tout juste si l'on parlera d'un individu un peu voûté, vêtu d'un pardessus gris, découvrant un quartier huppé de la ville... mais, en réalité, marchant sur les pas du commandant Joseph. Quand les fonctionnaires de police se plaignent de ne pas gagner suffisamment, pardon de sourire. Ils préfèrent pérorer sur les plateaux de télévision. Mais maintenant, à la nuit tombante, sans son holster, il est aussi fragile qu'un enfant qui ment à ses parents. Sans son arme, il n'est qu'un pauvre type qui trompe sa femme en rasant les murs. Et ça veut nous donner des leçons ?

Et que dire de la très jeune personne devant laquelle il jappe comme un vieux chien volage ? Pathétique leur tête-à-tête dans une brasserie, avant le vernissage, où il faisait de grands gestes en parlant, devant les yeux dilatés de sa droguée d'artiste. Ils se sont embrassés sous une porte cochère d'un quartier coloré – bref, un repère de junkies.

Vincent a du mal à se contrôler. Dans ces moments où il côtoie l'irréparable, son esprit se perd sur une pente vertigineuse. Il aurait pu les tuer, d'un simple aller-retour de scalpel, mais il a su se retenir, non sans mal, se disant que cela l'aurait rangé dans la catégorie peu fréquentable des maîtres sans envergure. Seul l'acte doit présider à l'art. Il doit être l'expression du geste, la transformation du vulgaire en sublime. Non, bien sûr, pas comme ça, sous une porte cochère, le geste serait indigne...

Mais surtout, un détail attire son attention. La fille est enceinte. D'abord son teint, mais également son ventre, déjà bombé. Une montée d'excitation terrasse le docteur Klotz. C'est comme s'il entendait les cris d'un fœtus prisonnier du tabernacle de sa mère, une voix qui lui demande de l'aide. Ça y est, la connexion est établie avec l'invisible, monde secret intra-utérin autour duquel se focalisent ses obsessions.

Vincent pénètre d'un pas assuré dans la galerie, se fraie un passage dans la foule agglutinée devant les petits fours, laissant le couple aux portes du bâtiment puis, calmement, s'enfonçant dans les profondeurs de l'exposition, laisse sa proie venir vers lui, s'approcher avec sa langueur de junkie.

Une heure plus tard, sortant de ce moment très éprouvant, Klotz rejoint un autre quartier, la porte métallique d'un bâtiment érigé au fond d'une impasse. Un temple maçonnique discret, comme toujours. Une dimension occulte, secrète, au cœur des grands mystères. Vincent a besoin d'un purgatoire pour supporter le poids de ses égarements. Il vient boire ici la pureté de l'eau.

Il fréquente sa loge deux fois par mois et, ce soir, en qualité d'orateur, il va célébrer ce lien si particulier qui unit tous les francs-maçons de la terre. Il est fébrile et il a besoin de prononcer de belles paroles pour étouffer les dérives de son esprit instable. Ici, il devient ce qu'il est, c'est-à-dire respectable. En préambule, Vincent Klotz reconnaît que la naissance d'un frère ou d'une sœur est toujours le fruit d'une œuvre commune, et d'un seul lieu : la loge. Car la loge est cet œuf par lequel toute vie est appelée à s'épanouir. « Mais, poursuit-il, trouver le frère qui est en l'Autre débute par la recherche du frère qui est en nous. Cette fraternité envers nous-mêmes, celle qui fait de nous des êtres lumineux doit être accomplie pour atteindre l'œuvre. » Ainsi, le frère Vincent demande : « Que puis-je donner à l'Autre si je ne puis rien me donner à moi-même ? Puis-je, sans joie, transmettre l'amour ? Puis-je, sans efforts, franchir les obstacles ? La fraternité sera cette étincelle qui permet d'éclairer les très anciens secrets. Informulable, tout en étant la racine de toute quête initiatique, elle sera matière vivante prête à accueillir la sève de notre sincérité. »

Sa gorge se coince. Il boit un peu d'eau. Ses condisciples l'écoutent avec une attention soutenue. La qualité du silence atteint une perfection unique. Vincent continue en évoquant cette rencontre avec l'Autre à la suite de laquelle naîtra un troisième homme, une nouvelle conscience en soi enfin révélée.

Voilà, c'est aussi simple qu'à l'église. Il suffit de se confesser pour effacer le mal, obtenir le pardon divin, un pardon dont on ne connaîtra jamais le prix.

À la fin, on le remercie pour ses paroles appelant la chaîne d'union entre tous les êtres. Le frère Klotz est très apprécié, pour son implication, sa bienveillance, et sa tolérance. S'adressant à ses frères comme au Grand Architecte de l'Univers, Vincent est en quête de rédemption. Et aux agapes, sa bonne humeur n'est jamais feinte. Mais vers minuit, en sortant du temple, ses démons l'attendent sur le parking. Le souvenir du ventre rond de la junkie près de lui pendant le vernissage n'a pas cessé de le hanter durant la tenue maçonnique.

Le cœur des hommes est un monde où il est aisé de se perdre. Cela n'a pas été de tout repos. Une soirée éprouvante. Vincent a dû se rendre dans cette galerie, lui qui déteste ces endroits, ces affichages de croûtes. Des peintres se contentent de déféquer sur leur toile, et hop ! l'œuvre se vend à prix d'or,

Quel pathos que de voir une artiste comme cette Julie sourire timidement au moindre compliment, comme si, au fond d'elle-même, elle n'y croyait pas vraiment. Comment aurait-elle pu ? Quand on peint des fadaises, une partie de nous-mêmes doit forcément le savoir. Julie. Elle aurait pu avoir la beauté de la Vierge si seulement elle n'avait pas porté l'enfant de ce flic.

D'ailleurs, avant de se rendre en tenue (c'était sur son chemin), Vincent est passé au domicile du commandant pour glisser une lettre sous la porte, se disant, dans un pur langage occultiste : *Construis ton temple, pierre après pierre, et tu seras un jour le maître du monde.*

CHAPITRE 19

Le vernissage se termine par une extinction des feux. Il faudra venir le lendemain pour faire le ménage. Mais quelle soirée !

— Tu sais quoi ? demande Julie en enroulant ses bras autour du cou de Joseph. J'ai enfin trouvé quelqu'un qui s'intéresse vraiment à mon travail.

Ils prennent place sur la banquette éventrée qu'elle a trouvée dans la rue et qu'elle a portée à bout de bras jusque sur le lieu de l'expo.

— Oh, raconte !

— Pendant le vernissage, j'ai repéré un type qui, au lieu de vider des coupes de champagne, s'arrêtait longuement devant chacune de mes toiles, très près, comme pour y lire le moindre souffle du couteau. Il avait l'air complètement fasciné, je te jure ! Moi, je l'observais de loin, je le laissais venir... J'avais tellement le trac ! Et puis je me suis approchée de lui. Tu ne te souviens pas de cet homme avec qui j'ai parlé longuement ?

— Non, répond Joseph, qui a passé la soirée au téléphone, entre le boulot et ses tentatives pour joindre Lan.

– Charmant, très simple, continue Julie. Pas du tout le genre de requins que l'on rencontre dans le métier. La classe, quoi !

La joie lui donne toutes sortes de couleurs et Joseph croit voir un tableau vivant s'agiter devant lui.

– Il s'appelle Michel Hawking, poursuit-elle. Il est propriétaire d'une cinquantaine de galeries dans le monde, partenaire d'importantes sociétés qui préfèrent investir dans les tableaux plutôt que payer des impôts, et il prépare pour l'année prochaine une expo *Cinq continents* qui va voyager dans les plus grands musées.

– Attention, ne t'emballe pas.

– Je sais, mais lui, ce n'est pas pareil. Je te jure. J'ai l'œil maintenant. Il adore ce que je fais. J'ai bien vu son manège devant mes toiles. C'est une chance inespérée ! Concrètement, il m'a proposé une avance sur les prochaines ventes. Il m'a dit textuellement : "Je sais bien que les artistes ne vivent pas seulement d'amour et d'eau fraîche. Et c'est aussi une façon pour moi de m'engager vis-à-vis de vous. J'aime ce que vous faites et je veux vous le prouver." Tu te rends compte, Joseph ?

– Quelqu'un d'élégant.

– Oui, et qui respecte les artistes. D'accord, il va prendre sa commission sur les œuvres, mais il a conscience de ce qu'est le quotidien d'un peintre.

– Combien il t'a proposé ?

– Nous devons en parler demain. Il doit venir voir le reste de mon boulot, chez moi. Il veut investir à long terme. Pour lui, une carrière ne se construit pas en six mois. C'est un cheminement au long cours. Comme il a raison ! Oh, j'aimerais tant que tu le rencontres, Joseph. Je suis certaine qu'il va te plaire.

CHAPITRE 19

Joseph réalise qu'à cet instant, il aimerait parler de ses soucis personnels, mais qu'avec Julie, c'est une chose impossible. Il aimerait aussi lui demander si sa grossesse se passe bien, mais il esquive le sujet.

CHAPITRE 20

La famille Klotz, installée depuis cinquante ans sur les terres de ses ancêtres, dans la région de Tizi Ouzou, déménage à Alger, avant d'abandonner brutalement l'Algérie en 1962. Yasmina Allek naît en 1960 dans la Ville blanche et passe ses quinze premières et joyeuses années dans le quartier de Belcourt, où elle apprend le chant, le luth et le violon. Mais, se souvient-elle, il n'y a pas un jour où elle n'entend pas prononcer le nom des Klotz dans une conversation. Elle ne les connaît pas, elle ne les connaîtra certainement jamais, mais ils font partie de l'histoire de la famille Allek.

La famille d'artistes se dissémine rapidement. Beaucoup partent pour la France, souvent à Paris, mais aussi pour la Bretagne, d'autres pour le Canada. Yasmina vient d'une famille spoliée de ses terres, ruinée par la colonisation, mais les études lui apprennent à ne pas s'appesantir sur un passé qui ne peut être changé. Son père meurt quand elle a 16 ans. Mona, sa mère, la pousse à s'envoler. Yasmina part pour la France, s'installe à Levallois-Perret chez des cousins, passe son bac et entre en fac. Nous sommes dans les 1980. Par chance, kabyle aux yeux bleus et cheveux blond vénitien, elle ne passe pas pour la beurette de service en mission d'intégration positive. Elle est juste brillante et subvient à ses besoins tout en préparant un master en musicologie. Si ce n'était son nom, elle pourrait passer pour une Normande avec des bonnes joues ou une Alsacienne qui a pris un coup de soleil. Un matin, après une nuit d'insomnie, la première de toute son existence, son téléphone sonne. Un numéro algérien s'affiche.

Ce retour au bled va modifier sa destinée. Boire à la source primordiale balaie les poussières de l'oubli. C'est ainsi que, des années plus tard, elle devient l'ombre du docteur Vincent Klotz, témoin de ses actes et pensées, et cela semble suffire à remplir les crevasses de sa vie de femme.

Non, songe-t-elle. *Cela ne remplit rien du tout. Au contraire, cela me vide et m'épuise. Je sais que le moment de la confrontation arrivera. Il suffit sans doute d'être patiente.*

CHAPITRE 21

À son retour du vernissage (Julie lui a dit qu'elle voulait dormir seule), un peu vexé, un peu minable, Joseph trouve une lettre glissée sous sa porte. Manuscrite, couverte d'une écriture qui remplit tout l'espace de la page. D'instinct, il sait qu'il ne doit pas la toucher. Avant d'en prendre connaissance, il la met dans une pochette transparente à l'aide d'une pince à épiler.

Cher Monsieur Joseph,

Avant toute chose, laissez-moi vous parler d'un monde qui ne vous ouvrira malheureusement jamais ses portes. Un monde de silence éclairé de lumières sonores, inaudibles pour des animaux de votre espèce. La musique est un dialogue avec les anges. En aucun cas un motif à l'exhibition, car elle exige au contraire de la prosternation. Ceux qui la pratiquent doivent faire fi de notre environnement vicié.

Vous vous demandez sans doute où je veux en venir. N'avez-vous pas compris ? Le concert de Cécilia Berger n'était qu'une prestation vulgaire et prétentieuse, racoleuse, qui appelait la sanction. La même sentence a frappé ce triste pianiste de bar, vautré sur son clavier, jouant comme on enfile des perles, sans âme ni passion, reléguant l'art pianistique à la hauteur du caniveau.

Je ne suis pas un justicier, je suis même quelqu'un de plutôt tolérant, mais bien sûr, ma tolérance a ses limites. À ce titre, je dois vous dire que j'ai été profondément blessé de vous entendre à la télévision me comparer à un boucher. Tout ce que j'entreprends, j'essaie de l'accomplir à la perfection, et vous avez pu constater avec quel soin je me suis acquitté de ma tâche.

Si vous avez voulu me provoquer, je peux vous dire que vous avez réussi. Est-ce superflu de vous signaler que la guerre est ouverte? Cependant, si jamais vous vouliez bien me présenter des excuses publiques, j'envisagerais la solution de mettre un terme à notre discorde.

Votre dévoué.

Comment un homme peut-il concevoir des théories aussi tordues ? Joseph ne comprend pas très bien pourquoi ce malade se focalise sur les musiciens. Pour lui, la musique est un divertissement comme un autre, un bouton que l'on tourne sur un poste de radio. Son client appartient à une catégorie capable de faire des ravages. Ce n'est ni un criminel lambda, ni un fou furieux, ni un opprimé qui a faim. Non, avec le Boucher, Joseph est face à un psychopathe instruit et prétentieux, frappé d'une susceptibilité d'enfant.

CHAPITRE 22

– Et en plus, il voudrait des excuses publiques ! s'offusque Bernado.

La lettre a été lue par tout le service. L'arbre de la définition graphologique a été confié en urgence à un expert privé, Stamitz, qui vient de l'achever.

– On vous écoute, dit Joseph.

– L'écriture est serrée et condensée, commence le graphologue en lisant ses notes. La personne peut être impulsive, très active tout en étant attentive et sensible. La marge gauche va en s'élargissant : on peut interpréter cela comme de l'impatience, de l'impulsivité, encore une fois, ou alors de l'enthousiasme. Quant à la signature, assez loin du texte et suivie d'un point, elle pourrait traduire un sentiment d'indépendance, de dédain, mais aussi de prudence, voire de méfiance.

– C'est plutôt vague, grimace Éva.

Stamitz frotte les mains sur ses cuisses.

– Continuez, dit gentiment Joseph.

– Merci... bon, si j'analyse la hampe des lettres, je dirais que nous avons affaire à quelqu'un de brillant sur le plan intellectuel, mais excessivement focalisé sur lui-même, comme s'il se prenait pour le centre du monde. On le sent curieux de ce qui l'entoure, mais c'est un regard supérieur qu'il porte sur autrui. Le jambage laisse apparaître une sorte de recul vis-à-vis des choses matérielles. Soit il est, par choix personnel, détaché de toute forme de réalisation concrète de projets, soit il a déjà dépassé ce stade qui, par conséquent, a cessé de le préoccuper. Quant à la zone médiane, elle révèle un caractère émotionnel extrêmement complexe. C'est assez surprenant, je n'ai jamais vu une telle graphie à ce niveau. Votre homme semble totalement déconnecté du monde émotionnel et, en même temps, toujours cet étrange paradoxe, on le sent terriblement affecté sur ce point, comme s'il avait, disons, souffert de traumatismes affectifs.

– Merde ! Moi aussi j'ai dégusté, dit Sugar, d'une voix inhabituelle. Mon père est mort quand j'avais 3 ans et ma mère s'est suicidée quand j'en avais 8 !

C'est la première fois que Sugar parle de lui. Il semble le premier étonné et cherche à se donner une contenance en tripotant son portable.

Joseph remercie Stamitz pour son aide. Le graphologue salue la brigade comme un gamin qui vient de passer un examen de piano et quitte la pièce avec son cartable sous le bras.

– Il est craquant, dit Chris.

– Bernado, commence Joseph. Tu vas rechercher toutes les affaires de meurtres en rapport avec la musique.

– Je remonte jusqu'où ?

– Vingt ans, ça ira. Sugar, tu peux te mettre avec lui ?

– Et nous ? demande Éva, en regardant Chris.

– Vous, vous restez avec moi, répond Joseph en ouvrant un nouveau dossier.

Il attend que les hommes aient quitté la pièce.

CHAPITRE 22

– Où en est-on avec Cantoni, le photographe ? demande-t-il.

– Il n'est pas l'auteur des photos, explique Chris. D'ailleurs, il n'a jamais mis les pieds en Asie, ni en Afrique. C'est tout juste s'il connaît un autre quartier que le sien. L'ordinateur appartient à son pote, celui qui a manqué de se tuer à moto. Nous sommes allées le voir.

– Et qu'est-ce qu'il dit ? demande Joseph.

– Rien, répond Éva. Il est mort.

– Comment ?

– Une balle dans la tête. Sa femme est persuadée que son accident avait été organisé. Je pense qu'elle n'a pas tort.

– Et Cantoni, comment il a réagi ? s'enquit Joseph.

– Mal. Il veut rester en prison.

Joseph tique.

– Vous me le remettez en liberté et vous le surveillez. On a besoin de lui.

– C'est très risqué.

– Je sais.

– Pour le reste, enchaîne Éva, c'est encore un peu le brouillard.

– Quel reste ? fait Joseph.

– Le bébé disparu de la maternité. Reste à voir si les deux affaires sont liées.

– Évidemment qu'elles le sont, dit Joseph. L'inverse serait anormal.

– Ah bon ? fait Éva. Parce que tu fais encore la différence entre ce qui est normal et ce qui ne l'est pas ?

– Bien envoyée, ma chérie, glisse Chris.

Éva se retourne comme si on l'avait pincée.

– Merde, ne m'appelle pas comme ça au bureau !

Joseph sourit. Heureusement qu'elles sont là toutes les deux pour mettre un peu de fun.

CHAPITRE 23

Mon frère Vincent repousse du pied les os qui jonchent le sol et avance un tabouret devant le piano. Je l'observe, je l'écoute, la bouche pleine d'une moussaka épicée. Sa nuque est raide, ses mains tremblent au-dessus du clavier. Depuis tout petit, cet imbécile est incapable de tenir un tempo. Il appuie sur les touches comme s'il plantait des clous. Quelle idée de prendre cet air inspiré pour atteindre les limites du ridicule. Il a d'ailleurs cessé depuis très longtemps de jouer devant quelqu'un d'autre que moi. Déjà enfant, il avait un trac fou, même devant nos parents. Il n'y a que devant moi qu'il arrive à se débarrasser de ses sueurs froides. Parce que je ne suis personne. C'est un peu comme s'il se produisait devant un miroir, ou une salle vide. C'est un musicien frustré. Comme je le plains !

Mais que je l'aime quand il me noue le garrot autour du muscle et m'enfonce l'aiguille ! C'est vrai que je préférerais être mort plutôt que de supporter cette existence dégradante, mais mourir n'est visiblement pas à ma portée. J'ai fait de nombreuses tentatives de suicide, mais toujours en pensées, faute de pouvoir lever ne serait-ce que le petit doigt.

CHAPITRE 24

Un policier en faction devant la maternité contrôle les allées et venues. Chris et Éva présentent leur badge. D'autres accès au bâtiment sont possibles et le barrage installé devant la porte principale se veut avant tout rassurant. Logée au fond d'un parc, l'institution, très prisée des bobos, longtemps qualifiée d'*avant-gardiste*, a des allures de pension de famille. Quelques hommes dans la courette font les cent pas en fumant ou en téléphonant. Chris croit reconnaître un acteur célèbre, caché sous un bonnet et des lunettes noires. Avant leur accouchement, la plupart des femmes suivent ici un programme de relaxation ou d'haptonomie. Une cellule de dialogue – voire de soutien psychologique – est également ouverte aux futurs papas paumés.

Les deux inspectrices s'approchent d'une baie vitrée, au fond de la salle d'attente, et assistent à un cours de yoga collectif. Le groupe se compose d'une vingtaine de femmes, enceintes jusqu'aux oreilles, allongées sur le dos, genoux remontés, cuisses écartées.

« Les séances sont hebdomadaires, leur explique l'hôtesse qui leur fait visiter les lieux. À ce stade de la grossesse, les mouvements sont limités et il s'agit plutôt d'entrer dans un état de profonde décontraction. »

Pas de professeur, mais un pianiste qui, dos tourné à la salle, joue une musique limpide. Chris et Éva s'adressent un coup d'œil complice. Ni l'une ni l'autre n'a été encore confrontée au royaume de la reproduction. De l'extérieur, cela ressemble au confort douillet des centres de thalasso-thérapie.

Elles grimpent dans les étages. Une odeur douce et indéfinissable flotte dans les couloirs et, parfois, des pleurs déchirent le silence. Le personnel est nombreux, les sages-femmes ne comprennent pas comment des nourrissons ont pu être enlevés dans l'indifférence la plus totale. Elles doivent aussi reconnaître combien il est facile de glisser un nouveau-né sous un manteau puis de le bâillonner pour l'empêcher de crier. La maternité commence à voir son taux d'entrées diminuer. La mauvaise publicité n'incite pas les futures mamans à s'inscrire. Aux dernières nouvelles, certaines ont même annulé leur réservation, au risque de devoir accoucher dans un bloc hospitalier déshumanisé de la périphérie.

Pour Vincent, c'est l'occasion d'interpréter du Chopin hors du cadre strict de son intimité. Il ne voit pas son public, c'est parfait. Il peut l'imaginer à sa guise, le transformer, le modeler selon ses désirs, en faire une assistance idéale. Personne n'exige de lui des prouesses musicales, ainsi donne-t-il le meilleur de lui-même. Aucun trac ne vient lui paralyser les doigts. C'est un autre monde.

Sa musique est destinée aux fœtus, êtres envoûtants, mi-dieux mi-humains, qui, enfermés dans leur tabernacle, attendent la bénédiction de la Lumière. Les femmes enceintes l'écoutent religieusement, assises sur des coussins, les mains plaquées sur leur ventre en floraison. D'autres, allongées sur des tapis, accomplissent des mouvements lents, aériens, rythmés par une respiration profonde. Pour rien au monde il ne manquerait ces séances hebdomadaires qui l'arrachent au néant, le temps de quelques heures accomplies bénévolement.

Par la baie vitrée, il aperçoit deux femmes qui discutent avec le vigile planté à l'entrée. Son instinct passe en mode alerte. La vision de ces deux femmes armées fait naître en lui une étrange excitation. Profitant d'une pause, il pousse la porte donnant sur la cour.

— Voici le docteur Klotz ! dit le flic en faction.

Vincent s'incline.

— Obstétricien ? demande Éva.

— Je pratique ici la musique prénatale, répond-il avec un large sourire.

— Vous faites écouter de la musique aux fœtus ? demande Chris, avec une ironie qui déplaît au médecin.

— Exactement.

Le regard suspicieux des deux fonctionnaires de police le fait vibrer intérieurement. Il a l'impression d'approcher sa main de la chaleur d'une flamme et cette sensation lui est exquise.

— C'est une sorte d'art-thérapie ?

— Si vous voulez, bien que le terme de thérapie ne soit pas idéal ici. La grossesse n'est pas une maladie.

— Elle peut être stressante, souligne Chris.

— C'est pour cette raison que les fœtus ont besoin d'une stimulation extérieure. À l'instant où débute la mélodie, le corps de leur mère se détend. Tout se joue avant la naissance. S'ils entendent des sonorités agréables à l'oreille avant de sortir du ventre, ils garderont à jamais le goût de l'harmonie. Plus tard, cela donnera des personnes sensibles au discours musical, des personnes habitées par une joie profondément intime...

Éva consulte sa montre et adresse un signe à Chris, genre « on y va ? ».

– Vous avez du nouveau dans la disparition du bébé ? demande-t-il.

– Qui vous dit que nous sommes là pour ça ? fait Éva en se retournant.

– Ici, les visiteuses portent rarement un holster sous leur veste.

– Il finira bien par faire un faux pas et on lui mettra la main dessus.

– Qui vous dit que c'est un homme ?

– Les femmes ont le respect des choses sacrées, fait Chris sèchement, en poussant Éva de l'avant.

Un tic soulève la lèvre supérieure de Vincent. Il est frustré. Il aurait aimé davantage de tension. Son numéro de vieux toubib gâteux est très au point, il le sait, mais il déteste qu'on lui parle sur ce ton.

CHAPITRE 25

Lan revient et cela signifie qu'ils vont devoir s'affronter. Joseph sait d'avance qu'elle prendra une voix douce, sans se départir de son calme. Il ne connaît pas de personne plus droite qu'elle. Bien. Et lui ? En profitera-t-il pour faire preuve de franchise, pour lui parler de Julie, de Julie enceinte ? Ou bien va-t-il continuer à faire semblant ?

Le train de Lan est annoncé avec un retard de vingt minutes. Joseph a cédé à cet élan de venir à la gare sans prévenir pour la surprendre au cœur de son mensonge. Découvrir une autre Lan, avec d'autres traits, d'autres cheveux, d'autres yeux. La saisir sur le vif, avant qu'elle ne se cache à nouveau derrière un masque. Bien sûr, il risque de souffrir en l'apercevant au bras d'un homme, le quittant à regret au bout du quai, l'embrassant passionnément.

Le train arrive, les portes s'ouvrent. Joseph s'avance en direction du quai, restant sur le côté pour ne pas être vu. Scrutant les voyageurs qui descendent, son regard se pose bientôt sur Lan, vêtue de son beau manteau rouge.

Dissimulé derrière un pilier, il la regarde se fondre dans la cohue. Sur le parvis de la gare, il l'aperçoit qui s'engouffre dans un taxi.

Joseph a des masses de paperasse à régler au bureau, mais un itinéraire différent s'impose à lui. Voulant rattraper le taxi, il se perd dans un labyrinthe de rues à sens unique. D'autres secteurs sont bouclés à cause d'une manif. Quelques jurons plus tard, il retrouve enfin les bâtiments cossus de son quartier, l'épicerie qui fait l'angle ainsi que le vieil hôtel planté dans sa rue.

La fenêtre de la cuisine est ouverte, signe que Lan est arrivée. Joseph grimpe lourdement les marches. Il atteint la dernière quand la porte s'ouvre.

« Joseph, mon chéri ! sourit-elle en se jetant dans ses bras. Si tu savais comme tu m'as manqué ! »

Le corps de Lan vibre de sensualité. Il la serre très fort contre lui. Lan l'entraîne à l'intérieur et commence à lui parler avec exaltation de tout ce temps passé chez sa mère. Le sol bascule sous les pieds de Joseph.

« Mon psy m'avait déconseillé d'aller la revoir, eh bien il a eu tort. Je crois que je vais arrêter mes séances avec lui. Chaque fois que j'ai une idée, ce n'est jamais la bonne ! Quand je pense à tout ce qu'il m'a dit pendant des années. Que j'étais le fruit d'un non-amour ! Et alors ? Qu'est-ce que ça peut faire ? Qu'elle ait baisé sous la contrainte, est-ce que c'est mon problème ? Qu'est-ce que j'ai à voir avec sa culpabilité ? Ce type est un vrai fouteur de merde. Si j'avais cédé à ses élucubrations, je serais toujours en train de pleurer sans raison. »

Joseph l'écoute dans un état second, se disant qu'une personne normalement constituée ne peut pas vibrer à ce point uniquement parce qu'elle a soi-disant renoué le contact avec sa mère. Non, il doit y avoir autre chose. Un autre homme.

CHAPITRE 25

Elle a passé plusieurs jours à l'aimer passionnément. Cela se lit sur sa peau, dans le bleu laqué de ses yeux, dans sa voix. Ses accents de sincérité donnent à ses mensonges une grandeur pathétique.

« Je dois partir au magasin, dit Lan, en déposant un baiser sur son front. On se fait un resto ce soir ? »

Il s'entend répondre « oui, avec plaisir », quelque chose de ce genre, un peu perdu, hébété, comme s'il venait de descendre à la mauvaise gare.

CHAPITRE 26

Les geeks Chris et Éva, diplômées de l'École nationale supérieure de la police, à Cannes-Écluse en Seine-et-Marne, sont également spécialisées en cybercriminalité. Cracker l'ordi du photographe n'a pas été difficile. Mais les adresses ont été soigneusement supprimées ainsi que l'historique de navigation. N'empêche qu'au bout d'une heure, en fouillant dans les profondeurs de la poubelle, une miette s'est distinguée dans la lumière. Un nom de femme, accolé à une adresse électronique.

Il ne faut pas plus de dix minutes pour identifier la personne, son lieu d'habitation, ses distinctions sociales et professionnelles. Chris et Éva n'écrivent rien, pas de mail, car le feu vert de la hiérarchie n'est pas encore tombé. Au niveau de la procédure, anticiper une étape peut faire capoter une enquête. Comme d'habitude, cela ne les empêche pas d'avancer, mais à leur manière, hors temps de travail, dirons-nous.

La maison se situe dans le 92, dans un quartier mortellement propre de Boulogne-Billancourt. Cependant, la maison est charmante, très villa niçoise avec vue sur la mer. Marie-Benoîte Delpierre, une quinqua bien habillée, vient de sortir avec une poussette. Visiblement, ce n'est pas la baby-sitter. Chris l'interpelle sur le trottoir en se présentant comme une journaliste qui enquête sur les jeunes mamans, lui posant des questions : « Quel âge a votre bébé ? Où avez-vous accouché ? dans un hôpital public ? Oh mon Dieu ! Mais pourquoi ne pas avoir choisi une clinique privée, comme la maternité des Roses ? C'est à cause de cette affaire des bébés volés ? Non, vous ne saviez pas ? Vous avez été bien soignée à l'hôpital ? Vous n'avez pas à vous plaindre ? Tant mieux. C'était quel hôpital ? Vous ne vous souvenez plus ? La Salpêtrière ? Vous êtes sûre ? Parfait. Je pourrais avoir votre nom ? Ah, cela vous embête ? Non, il n'y a pas de problème. Vous pouvez garder l'anonymat. Je vous remercie, Madame, bonne journée. »

Le binôme se dirige vers la rue dans laquelle la voiture est stationnée. Chris écrit un SMS tout en marchant.

– Waouh, fait Éva. Mais à part ton numéro de caméra cachée, c'était quoi le projet ?

– Ça te ferait mal au cul de me dire que j'ai été bien ?

– Pas du tout, mais je préfère être au courant. Une mission à deux, ça se prépare en binôme.

– Je te trouve un peu scolaire, aujourd'hui.

– Parfaitement, j'ai besoin d'explications.

– Qu'elle n'ait jamais entendu parler de la maternité des Roses et de l'affaire des bébés disparus, je veux bien... mais oublier le nom de l'hôpital où elle a soi-disant accouché, cela fait beaucoup.

– Pourquoi "soi-disant accouché" ?

– Tu as vu la tête du môme ?

– Il est noir ?

– Non, asiatique, c'est pareil. Marie-Benoîte Delpierre est née à Strasbourg, et son mari, notre ministre, est originaire des Ardennes.

— Jusque-là, elle n'a rien fait de mal.

Le téléphone de Chris émet un bip. Elle le consulte en conduisant, du coup, oubliant une priorité à droite. Mais les dieux sont avec elle... et avec les klaxons.

— Bingo ! dit-elle. Le stagiaire a appelé la Salpé. Marie-Benoîte Delpierre est inconnue au bataillon. Qu'est-ce que tu dis de ça ?

— Tu m'agaces.

— Un, cela signifie qu'elle nous a menti, deux, qu'elle n'a jamais accouché, et que trois, cet enfant n'est pas d'elle.

— Elle a pu l'adopter.

— À 50 ans ?

— Ou l'acheter.

— Nous y voilà, ma chérie.

— Arrête avec ça.

— Nous ne sommes que toutes les deux dans la voiture.

— Et les micros ? Qu'est-ce que tu en fais, des micros ?

Chris laisse passer l'orage, puis dit :

— Compte tenu de son âge, Marie-Benoîte Delpierre a probablement eu cet enfant par le biais d'un réseau illégal.

— Attends, c'est la femme d'un ministre.

— Et alors ? demande Chris. Tu as peur ? Pas moi !

— Non, je dis juste, il va falloir prendre des pincettes.

— Si le mec était garagiste ou agent sécurité, tu dirais quoi ? Prenons des pincettes... ou faisons-lui cracher la vérité à coups de batte de baseball dans les couilles ? Écoute, je pourrais gagner beaucoup plus en étant développeuse, tu le sais. Si je reste dans la police, ce n'est certainement pas pour maquiller les conneries de nos énarques.

— Et moi c'est pareil.

— Donc le mec, on va se le faire.

— Faudrait peut-être en parler avant à Joseph, dit Éva.

— Oui, forcément, un jour, on lui en parlera.

CHAPITRE 27

Le problème, c'est qu'elle n'est plus toute seule maintenant. Elle attend un enfant dont elle ne sait même pas qui est le père. Julie ment à tout le monde et elle s'en fout. Elle étouffe. Mais ce n'est rien, juste un *down* un peu sévère. Ce soir, elle va s'en mettre plein les neurones, jusqu'à oublier qui elle est.

Les basses résonnent déjà dans sa tête. Le plan d'aller à cette rave, en pleine nature, loin de la civilisation, pour fêter ses projets, cela ne se refuse pas. Depuis la visite de Michel Hawking, elle nage dans l'euphorie.

Il est passé comme prévu dans la matinée. Elle lui a montré ses créations, ses esquisses, et même des travaux du temps où elle composait avec de la céramique. Il s'est arrêté brusquement devant un collage qu'elle avait réalisé après avoir absorbé des substances. Elle avait travaillé dans une sorte de transe, ignorant jusqu'au cheminement de sa pensée. Oui, Hawking était resté un long moment, le nez pratiquement collé contre la matière, puis il s'était tourné vers elle.

« Celui-ci est particulièrement étonnant. Je crois y lire le fond de votre âme. Ce doit être Dieu qui a guidé votre main. »

Coup de klaxon dans la rue. Julie retrouve le brasier de ses anciens amis. La Clio déglinguée quitte la ville pour grimper à flanc de montagne. Régulièrement, sur le bas-côté, des panneaux de fortune flèchent un itinéraire réservé aux initiés. Koko. K-O-K-O. Durant le trajet, personne ne remarque la Mercedes Kompressor qui les suit.

L'homme conduit, les mains crispées sur le volant. Un tic soulève sa lèvre supérieure. Il n'aime pas cette route ponctuée de virages en épingle à cheveux. La vision du vide sur sa droite lui donne des sueurs froides. Il est sujet aux vertiges et cette ascension pourrait bien le mener en enfer.

CHAPITRE 28

La route grimpe et les virages se courbent en épingle à cheveux sur un flanc de la vallée. Vincent se demande ce que cette bande de gothiques vient faire dans ce coin paumé. Il regrette d'avoir cédé à une impulsion. C'est absurde. Il se regarde perdre les pièces maîtresses de son jeu, à savoir le calcul, la précaution, le sang-froid, au profit d'une improvisation désastreuse qui, tôt ou tard, lui portera préjudice. Pourtant, il n'est pas mécontent d'observer Julie hors du cadre strict de son atelier. *Quand on aime un artiste, c'est pour le meilleur et pour le pire*, songe-t-il, exalté à l'idée de ce qui va suivre.

Il parvient à un vaste plateau où s'étendent à perte de vue champs et forêts. Déjà, des voitures ont pris possession de la prairie. Plus loin, un camion, un feu de bois et, dans l'air, une très nette odeur de merguez. Des gars grimpent aux arbres pour tirer des fils d'acier et suspendre des projecteurs. Un type avec les cheveux jaunes passe à côté de Vincent en hurlant dans son téléphone portable :

« La fête a changé d'endroit à cause d'une balance. Maintenant, faut prendre la sortie 10 et suivre les panneaux koko, K-O-K-O. Allô, tu m'entends ? Merde, il n'y a plus de réseau, putain de cambrousse ! »

Julie a visiblement rejoint des gens qu'elle connaissait. On les voit marcher en file indienne à travers la végétation haute en cueillant des fruits interdits. Le plus extraordinaire demeure ces chants d'oiseaux qui proviennent de toutes parts, comme une pluie de notes de musique. Il suffit de tendre le bras pour toucher le ciel. D'autres véhicules affluent, transportant des jeunes au teint bistre. La foule gonfle et les premiers essais sono font trembler les arbres. Amoureux de la nature et de la musique métallique se massent dans le jour déclinant. Sous le ciel violet, on ne voit bientôt plus un seul arbre, plus un seul brin d'herbe, seulement des cheveux multicolores lavés à la bière et qui tressautent sous les décibels.

Vincent s'éloigne du parking et avance en se frayant un passage parmi les raveurs.

Les machinos ont abandonné les câbles d'acier pour la distribution d'amphétamines. Vincent déambule, aux aguets, suivant Julie à une distance raisonnable. Il ne la quitte pas des yeux et tourne autour d'elle dans un rayon d'environ dix mètres.

Des voix s'élèvent : « La société nous a exclus, nous sommes libres, nous ne demandons rien à personne ! Nous revendiquons la *free party* comme une zone d'autonomie temporaire ! »

Une fraction de seconde d'inattention. Julie disparaît de son champ de vision. Des filets de camouflage jetés çà et là achèvent le tableau militaire, pantalons de treillis noirs ou kaki. Les âmes entrent en guerre à coups de techno. Tout n'est que marée humaine et, pour aller pisser, il faut marcher longtemps avant de trouver un coin tranquille. Dans les sous-bois, l'obscurité est quasi totale et, sous les pieds, la terre vibre. Des enceintes géantes hissées sur les camions crachent tout ce qu'elles peuvent, comme pour en faire profiter les continents voisins. Vincent repère un endroit pour se soulager. Il va quitter le sous-bois lorsqu'une main lui agrippe le bras. Il essaie de se débattre, c'est impossible, le type a la force d'un grand primate.

— Lâchez-moi !

— Ta gueule.

Il le tire de l'avant, sur un chemin à l'écart. Visiblement, il ne fait pas partie de la fête. D'abord, il est trop vieux, un bouc blanc lui cerne le menton. Vincent lui explique qu'il n'appartient pas à cette race de hippies du troisième millénaire. Il est médecin et il montre sa carte. Le type desserre son étreinte.

— Je vous ai quand même surpris en train de pisser.

— Et alors, ce n'est pas un crime.

— Vous savez où vous êtes ?

— Non.

— Sur une réserve naturelle.

— C'est-à-dire ?

— Que deviennent les mètres cubes d'urine et les tonnes d'excréments produits par cinq mille raveurs ? Cela constitue une belle fumure qui n'est pas évacuée et un enrichissement du sol à partir d'éléments exogènes...

— Pardon, mais j'ai autre chose à faire...

— Écoutez-moi ! Du temps des moutons, il y avait un cycle, l'herbe nourrissait le mouton qui nourrissait l'herbe : finalement, la laine et la viande étaient exportées. Mais dans une manifestation de ce genre, le raveur importe sa nourriture et sa boisson. Il ne mange pas l'herbe, ses rejets enrichissent le terrain sans rien lui reprendre. Vous imaginez la taille du troupeau équivalent ?

Vincent acquiesce. Il a une sainte horreur qu'on lui donne des leçons. Heureusement, toutes ces odeurs, ces relents de sueur et d'urine décuplent son excitation.

– Il pousse ici une flore spécifique, reprend le type, avec suffisance. Le terrain est pauvre en nutriments, cela sélectionne les espèces qui y prospèrent : ce seront des orchidées et des variétés adaptées à ce milieu oligotrophe. Paradoxalement, si la terre est enrichie, ces plantes vont disparaître, soit par une intoxication par les nitrates, soit par la concurrence d'autres espèces végétales plus gourmandes en engrais et qui trouveront la possibilité de se développer.

Vincent commence à bouillir intérieurement. Il cherche une issue, mais le type lui barre le chemin avec son double menton.

– Si le terrain devient très riche en matières organiques et en nitrates, ce sont les orties qui vont l'envahir, poursuit-il, imperturbable. Les feux qui sont allumés par les raveurs vont brûler plusieurs jours, stériliser le sol, et concentrer une grande quantité de cendres très riches en minéraux. À terme, cela va favoriser la croissance des ronces qui vont courir tout autour et faire de l'ombre au reste de la flore. Ces ronces seront très difficiles à éradiquer.

– Pourquoi n'allez-vous pas chercher la police ?

– Parce que les flics sont totalement dépassés. L'année dernière, en Seine-et-Marne, ils sont arrivés dans leur fourgonnette. Ils étaient six. Six contre cinq mille raveurs. Vous voyez le tableau ? Ils ont préféré laisser tomber. Cette année, ils ne lèveront même pas le petit doigt. Il y a deux ans, au petit matin, j'ai croisé un gamin, complètement hagard, couvert de boue, pieds nus. Il cherchait une bouche de métro pour rentrer chez lui. Il n'avait pas l'air de réaliser qu'il était à soixante kilomètres de la ville...

Il adresse un regard lubrique à Vincent.

– Ensuite, je l'ai amené chez moi... vous voyez ce que je veux dire ?

CHAPITRE 28

Vincent comprend ce qui le dérange depuis le début chez ce type. Un sang identique coule dans leurs veines viciées. Intolérable.

– C'était un tout jeune homme ? demande Vincent, d'une voix voilée. Avec une peau de satin ?

L'autre opine avec un sourire pervers.

– Je vois que vous comprenez ? Vous êtes là pour ça également ?

– On ne peut rien vous cacher, reconnaît Vincent, en se collant pratiquement contre lui.

– Je n'ai rien non plus contre les types de ton âge. Ça me changera un peu.

Klotz lui touche l'entrejambe.

– On peut dire que tu es un rapide, toi. Je ne me suis jamais fait un toubib.

– Tu verras, je n'ai rien de plus ou de moins qu'un autre.

– On va dans mon camion ?

Ils regagnent le champ qui sert de parking. Le type marche vite, sans se retourner.

– On y est, dit-il bientôt, en ouvrant l'arrière d'un camping-car.

Vincent regarde autour de lui. Personne ne fait attention à eux. À l'intérieur, cela sent le plastique neuf. Le type allume le plafonnier.

– Non, dit Vincent, la lumière me gêne.

– D'accord, on va se contenter de la pleine lune.

L'homme ouvre son pantalon, le descend à mi-cuisse en même temps que le slip. Il se retourne et demande :

– Tu ne veux pas te déshabiller ?

Le docteur Klotz se colle de nouveau à lui.

– Mais si, répond-il, en lui enfonçant la lame dans le dos, avant de pratiquer une excision latérale.

Il ne respecte plus rien, pas même le choix de ses victimes. La perte de sens est un mal commun à tous les hommes sur cette terre. Il a d'emblée méprisé cet animal adipeux qui se servait de l'écologie pour assouvir ses fantasmes. Cet homme ne manquera à personne. Pas même à son camping-car. En le molestant, ce dernier lui a certainement déboîté l'épaule. La douleur s'est déclarée au moment de planter le scalpel dans son dos. Maintenant, elle empire. Klotz quitte le parking en se faufilant entre les véhicules. Le clair de lune jette un halo sur les carrosseries. Des jeunes font l'amour dans les voitures, d'autres à même le sol, et Vincent avance en prenant garde où il pose les pieds. Une véritable orgie ! La techno le rend mauvais, beaucoup moins tolérant que d'habitude.

Arrivé sur le plateau, il fend la foule. Les corps en transe se désarticulent frénétiquement au son d'un marteau-piqueur. Vincent cherche Julie et l'aperçoit bientôt au milieu d'un groupe de garçons. L'un d'eux la soutient et les autres se sont placés devant pour faire écran. Alerté par cette étrange scène, Vincent se rapproche.

– Qu'est-ce qui se passe ? demande-t-il à un type torse nu.

– Elle ne va pas bien. Je crois qu'elle a bloqué sur quelque chose.

– Faut l'allonger en PLS.

Elle ne bouge pas. Ses yeux sont clos.

– Elle est en train de crever, dit un autre. Faut la transporter d'urgence !

Vincent sort sa carte.

– Je suis médecin.

Il s'agenouille près du corps et tâte le pouls. La perte de connaissance est due vraisemblablement à une insuffisance d'irrigation sanguine.

CHAPITRE 28

– Il y a encore un quart d'heure, elle allait très bien, bêle un type. En plus, on n'a pas de réseau pour appeler les pompiers.

Vincent regarde le beau visage de Julie, très pâle.

– Aidez-moi à la porter jusqu'à ma voiture, dit-il d'un ton autoritaire. Je vais la conduire à l'hôpital.

Combien de gens ont vu son visage ce soir ? En même temps, tous ces camés auront certainement la mémoire courte. Et puis, quelle importance ? Il repart avec Julie, n'est-ce pas l'essentiel ?

Elle repose sur la banquette arrière, blottie en chien de fusil. En proie à une véritable extase, il démarre en faisant patiner les pneus dans la terre souillée. Avant de se laisser glisser dans la descente, il baisse la vitre et allume l'autoradio. Un CD est en place. L'ouverture de la messe en si mineur BWV 232 de J.-S. Bach illumine la nuit.

Il commence à pleuvoir. Vincent roule avec la grâce d'un corbillard, comme s'il transportait Dieu lui-même, incarné pour l'occasion en une jeune femme plongée dans le coma. L'air s'engouffre dans l'habitacle, pareil à une nuée d'anges. Une enfilade de virages, d'épingles à cheveux ; des tunnels sous des arbres dégingandés qui mordent sur la chaussée, rendent la conduite difficile, et Vincent a tendance à se déporter sur la gauche.

Une courbe à droite. Un flash éblouissant pénètre son champ de vision. Il croit d'abord entrer dans une merveilleuse lumière blanche, céleste, irradiante, mais, très vite, il comprend qu'une moto arrive sur lui, trop vite, beaucoup trop vite, avec le moteur qui hurle. Dans une sorte de réflexe désespéré, il appuie sur la pédale de frein. Un mugissement de truie s'élève. Les pneus crissent et glissent sur la route. Une secousse ébranle la voiture dans un froissement de tôle et la moto, après avoir éjecté son conducteur, termine sa course dans le vide.

C'est le silence. La pluie s'est arrêtée. Vincent s'extirpe de l'habitacle et fait quelques pas en vacillant. Au loin, en contrebas, un brasier illumine la vallée.

Klotz se masse le cœur qui bat anormalement vite, respire lentement et profondément pour oxygéner le sang. Il est furieux de voir les choses échapper à son contrôle. Le rétro de sa Kompressor a été arraché. Il devra encore accuser les immigrés de son quartier.

Soudain, une plainte humaine vient rompre le silence. Vincent tourne la tête. À ses pieds, quelques mètres plus bas, des mains tentent de saisir une prise. Le motard, le visage en sang, agite ses jambes qui pendent dans le vide.

— Aidez-moi ! supplie-t-il.

Ses doigts dérapent sur la roche, se rattrapent *in extremis*.

— Au secours… je vous en prie… donnez-moi la main…

Vincent, tel un dieu de l'Olympe, porte un regard pénétré sur la ligne d'horizon, tandis que le motard pousse un cri étouffé en lâchant sa prise. Un éboulement de pierres accompagne sa chute, là où les flammes répandent une odeur âcre de pneu brûlé.

Le docteur Klotz hoche la tête en se disant : en voilà un qui n'ira pas pisser sur des espèces protégées.

Julie dort toujours. L'accident ne l'a pas réveillée. Vincent devrait impérativement la conduire aux urgences, mais il n'est pas pressé. Pourquoi se hâter au lieu d'écouter la musique du présent ? Cette nuit donne envie d'offrir une prière au Temps.

Il redémarre malgré la disparition de son rétroviseur gauche et son aile salement amochée. Qu'importe, il revient de croisade et son exaltation est à son comble.

CHAPITRE 29

Chris et Éva reviennent en fin de matinée de la maternité, insatisfaites, avec l'impression d'une omerta autour de la disparition du nourrisson. Chris s'est vengée sur une sage-femme un peu hautaine. La baffe est partie toute seule. Elle n'est pas fière et préfère en parler tout de suite avant que d'autres ne le fassent à sa place. Joseph apprécie et n'en rajoute pas.

– Merde, impossible de leur arracher trois mots ! Personne n'a rien vu, rien entendu. Le bébé s'est envolé tout seul, par la cheminée.

Comme si tout était parfaitement millimétré, Bernado fait irruption à ce moment dans le bureau pour annoncer la nouvelle : on vient de retrouver Cantoni, le photographe, la tête défoncée par deux balles de P38 !

Joseph déglutit en subissant le regard noir d'Éva.

– On ne pouvait pas le garder, dit-il, je te jure...

– Je sais, les prisons sont saturées, mais on aurait pu le mettre à l'abri, au lieu de l'envoyer à l'abattoir !

Chris attrape son blouson et claque la porte en sortant, faisant trembler la cloison. Éva se précipite pour la rattraper. Joseph se tourne vers Bernado et Sugar.

– Quoi d'autre ?

– D'après les filles, le site de vente des bébés a eu des connexions avec le ministère. Ils mènent peut-être une enquête parallèle ? Cela peut expliquer le meurtre de Cantoni, commandité en haut lieu, depuis le petit bureau d'un fonctionnaire qui fait ses courses sur internet.

– Qui prend rendez-vous avec le ministre ? demande ingénument Sugar.

– Non, pour l'instant, on ne bouge pas, dit Joseph. L'autorisation d'ouvrir une enquête nous sera refusée.

– Pourquoi ?

– Parce que nous n'avons aucune preuve, aucun indice sérieux.

– Si des figures haut placées sont mouillées, ça va être chaud pour nous, dit Bernado.

Joseph opine, se disant : *c'est comme avec les médias, la police devient soudain politique et, par conséquent, parfois très loin de la justice.*

– Sinon, et notre Boucher ? demande Sugar.

Joseph tressaille. Aucune nouvelle depuis vingt-quatre heures, moment où la lettre a été glissée sous sa porte.

Pendant qu'une *rave party* bat son plein à trente-cinq kilomètres de là, nous retrouvons Joseph, dans une petite pizzeria de quartier, en compagnie de madame. Ce soir, la salle est quasi pleine et Lan choisit la table du fond, près de la fenêtre qui apporte une fraîcheur bienvenue dans la nuit d'été.

Ils commandent sans consulter la carte. Puis ils se regardent comme deux amoureux qui ne savent pas quoi se dire. Lan joue le rôle de la femme comblée par la simplicité de l'instant. Tandis que Joseph guette le moment où elle va ôter son masque.

Lorsque les pizzas arrivent, Lan lève son verre et Joseph sent qu'elle a envie d'entamer la conversation. Pour autant, après plusieurs bouchées, Lan ne se décide toujours pas. Joseph éprouve une sorte de plaisir à la voir patauger ainsi.

– Mazart n'est plus comme avant, dit-elle enfin. Il a changé. Il ne s'est rien passé de particulier durant mon absence ?

– Non... je... j'ai essayé de ne pas bousculer ses habitudes.

– Tu as bien pensé à lui mettre la radio avant d'éteindre la lumière dans la cuisine ?

– Absolument, répond-il, mal à l'aise.

– Il n'est plus le même, répète Lan. Je suis partie une semaine mais, pour Mazart, ça représente peut-être dix ans ! Pas étonnant qu'il ne me reconnaisse plus.

Joseph hoche la tête.

– Il te fait la gueule, explique-t-il, d'un ton enjoué. Tu verras que demain, il aura oublié.

Lan paraît rassurée. Elle commande une pêche Melba. Elle adore ça et, invariablement, lorsqu'ils viennent dîner ici, elle choisit ce dessert d'un air espiègle. Joseph commande un autre verre de grappa. Pendant le repas, il a pratiquement vidé la bouteille de vin à lui tout seul, après un whisky en apéro. Il titube un peu en sortant de table. Dans la rue, Lan lui donne le bras. Sa femme est une professionnelle du mensonge. Et lui, une marionnette pathétique qui peine à poser un pied devant l'autre.

Le lendemain est un mercredi. Le réveil marque 7 heures. Dans un demi-sommeil, Joseph étire le bras sur le côté. Logiquement, il devrait rencontrer l'épaule de sa femme. Mais la place encore tiède est vide.

Dans la cuisine, Lan essaie d'amuser Mazart en jouant un air sicilien sur un ocarina. Joseph l'observe, attendri. Lan ne joue pas si mal. Et le poisson se tortille comme sur une piste de danse.

Joseph se dirige vers la cafetière.

– Tu veux un toast, chérie ?

– Le comportement de ce poisson n'est pas normal, dit Lan.

Voilà qu'elle remet le sujet sur le tapis !

– Qu'est-ce que tu veux dire ? questionne-t-il, prudemment.

– Je t'assure, ce n'est pas lui. Non, ce n'est pas Mazart.

– Mais si ! Qui veux-tu que ce soit d'autre ?

– Je te dis que ce n'est pas lui.

– Et moi je te dis que si.

– Tu penses que je suis folle ? reprend-elle en élevant la voix. Ce que je ressens n'a pas d'importance ?

– Enfin, on ne va pas s'engueuler pour...

– ... pour un poisson rouge, c'est ça ?

– Lan...

– Ce poisson a énormément d'importance pour moi et tu le sais ! Alors n'essaie pas de minimiser. Dis-moi la vérité, es-tu bien certain qu'il n'y a pas eu de problème avec Mazart ?

Il tente de sourire mais sa bouche reste figée. Une insondable détresse le submerge.

– Parle-moi, Joseph, je t'en supplie, murmure Lan.

Il serre les poings puis redresse le buste, comme il sait si bien le faire dans l'exercice de ses fonctions.

– Je... je ne suis pas très fier de moi, commence-t-il. Tu vas être furieuse, et tu auras raison de l'être. Je me rends compte à quel point j'ai été stupide. J'aimerais aussi que tu comprennes combien je t'aime et que...

– Vas-y, Joseph, crache.

CHAPITRE 29

Les mots patinent sur sa langue.

— Je… j'ai, par inadvertance, à la suite d'un geste incontrôlé, renversé le bocal de Mazart. Celui-ci s'est brisé. Dans l'affolement, j'ai écrasé le poisson qui s'agitait sur le sol, au milieu des bris de verre. Alors, le lendemain, je suis allé à l'animalerie racheter un aquarium et… un poisson. Tu avais raison, ce n'est pas Mazart, seulement une petite bête qui lui ressemble. Pardonne-moi, je t'en prie.

Sans un mot, Lan entreprend de laver les deux verres qui traînent dans l'évier.

— Faudra racheter une éponge, dit-elle.

Joseph acquiesce silencieusement, bercé par les gestes hypnotiques de Lan. Il croise aussi le regard ironique du mythomane qui a essayé de se faire passer pour Mazart.

N'y tenant plus, Joseph attrape l'aquarium et se rend aux toilettes. Il tire la chasse deux fois. Voilà, ça y est. Épisode poisson rouge terminé.

Dans la cuisine, Lan achève de lustrer le plan de travail avec un chiffon sec.

— Merci, Joseph.

— Je voudrais savoir, murmure-t-il. Où étais-tu, pendant tout ce temps soi-disant passé chez ta mère ?

Mais Lan continue d'astiquer l'évier. Elle ne l'a pas entendu. Joseph n'a pas parlé assez fort.

CHAPITRE 30

Nous retrouvons Joseph une heure plus tard, derrière son bureau, l'air absent. Il a libéré le petit jouet de son tiroir, un Donald monté sur roulettes qui avance clopin-clopant grâce à un ressort que l'on remonte à l'aide d'une clé. Joseph lui fait parcourir plusieurs allers-retours sur son bureau, entre deux piles de dossiers. Le canard se heurte à des montagnes infranchissables et finit par s'épuiser. Chris et Éva s'adressent un coup d'œil, Sugar fait comme si de rien n'était et Bernado attend le moment où il pourra interrompre cet instant suspendu.

— Nous avons dressé une liste de musiciens, se lance-t-il enfin. Sur les quinze dernières années, j'en compte bien une petite dizaine dans un périmètre de cinquante kilomètres à la ronde. Des chanteurs, une cantatrice, plusieurs instrumentistes, membres de la philharmonie ou de l'opéra, des jazzmen, un type qui faisait la manche dans le métro... On n'a jamais pu mettre la main sur le meurtrier, pourtant ces histoires ont toutes un point commun, l'excellence du coup de scalpel, même précision des incisions.

– Pourquoi toujours des musiciens ? demande Joseph. Un fou qui déteste la musique ?

– Non, au contraire, fait Bernado. J'en ai parlé avec le mari d'une amie qui est prof de musicologie à la fac. Il administre également un site où les gens peuvent s'exprimer sur tel concert ou tel artiste. Il m'a parlé d'une personne écrivant sous pseudonyme depuis des années et totalement réfractaire au mouvement baroque, dont les propos frisent une vive intolérance face aux autres thèses que la sienne. Cela pourrait être le portrait intime de notre cible.

– Mouvement baroque ? demande Joseph. Qu'est-ce que c'est ?

– Si j'ai bien compris, c'est une façon d'interpréter les musiques anciennes en s'appuyant sur des textes et des témoignages d'époque, avec des instruments d'autrefois ou des copies d'anciens.

– Un retour aux sources ?

– Exactement.

– Quel est le problème ?

– Une controverse à propos du diapason... mais là, j'avoue que je n'ai pas très bien compris. Toujours est-il que ce mouvement a des détracteurs, et des plus virulents. Et donc, le plus menaçant depuis des années signe ses articles du nom de ZWANG. Je vous fais la lecture ?

Joseph hausse les épaules, totalement dépassé.

– "Les farouches puristes prétendant ne pouvoir jouer la musique autrement qu'en obéissant aux critères archéologiques qu'ils ont eux-mêmes établis feraient bien de s'accorder à 440 quand ils exécutent les cantates leipzigoises de J.-S. Bach. Les esprits légers qui arguent de la facilité apportée par leur chimérique diapason ancien trop bas pour chanter les notes aiguës oublient complètement le rabaissement des notes graves qu'ils infligeraient aux malheureuses basses. C'est donc une ineptie complète que parler de diapason ancien. Ou alors il faudrait parler de diapasons, au pluriel. Celui, officiel, que nous utilisons pour le grand bien des instrumentistes, des chanteurs et des possesseurs de l'oreille absolue, est un repère stable, fixé en 1939 par un accord universel, valable en tout lieu et en toutes circonstances. Comme les points de départ des longitudes ou le niveau zéro des mesures d'altitude. Je le redis, il n'existe qu'un seul diapason, comme il n'existe qu'un seul niveau de la mer !"

Joseph écoute sans comprendre. Cependant, cette prose absconse ne lui est pas totalement étrangère.

— Réveillez-vous, fait Bernado. C'est après que ça devient intéressant pour nous. Écoutez : "L'oreille absolue est un bien transmis par les parents selon les lois et les hasards de la génétique. J'en jouis personnellement. Je connais d'autres familles qui la possèdent. En bénéficie par exemple Jean-Odet Michel, violoniste amateur et... médecin comme moi..."

— D'accord, fait Joseph. Et j'imagine que tu as essayé d'entrer en contact avec ce Michel, violoniste amateur et médecin.

— Affirmatif. Mais il est mort il y a deux ans.

— De quand date l'article ?

— Quatre ans.

— On avance un peu quand même, dit Sugar. Musicien, médecin, plutôt tatillon, un brin péremptoire.

Joseph, persuadé d'avoir reconnu le style illuminé de la lettre glissée sous sa porte, hoche la tête. Tout est toujours très cohérent avec les esprits compliqués.

CHAPITRE 31

Il est 3 heures du matin lorsque Vincent trouve une place dans sa rue, à une vingtaine de mètres à peine de l'entrée de son immeuble. En reculant maladroitement, il emboutit une Mini Cooper Countryman garée derrière.

Vincent respire profondément, comme pour vaincre sa fatigue. Il ouvre la portière arrière pour prendre Julie dans ses bras et referme avec le genou. Il la porte avec la douceur d'un amant attentionné. Il lui parle aussi, presque gaiement, lorsqu'il croise un couple sur le trottoir. Julie respire encore et il sent son souffle sur son visage. Un parfum mêlé de vie et de mort. Exquis.

Là-haut, il la déshabille patiemment, l'émotion à son comble. Ce ventre déjà bombé vibre d'un éclat onirique. C'est si différent de toutes ces femmes pour qui il joue du Chopin à la maternité. Cela n'a rien de comparable. Celle-ci est à lui, rien qu'à lui.

Vincent ne l'a pas bâillonnée, car elle n'est plus en état d'opposer la moindre résistance. Il a omis de pratiquer les premiers soins d'urgence qui auraient évité le coma.

C'est rapide, intense. Il se retire lentement, se rhabille en silence. À présent, dans un climat solennel, il va recueillir le fruit de sa graine, le libérer de ce ventre fertile et ainsi connaître l'extase du Créateur face à sa création. Pour cela, il enfile des gants de latex et choisit dans un haricot en inox l'instrument adéquat pour honorer l'art de découper la chair.

CHAPITRE 32

Il pleut par intermittence. Cela fait un moment que Yasmina surveille la rue. Il est environ 3 heures du matin quand elle aperçoit la voiture de Klotz roulant au pas, l'aile avant gauche défoncée, le pare-chocs en berne. En se garant, Vincent percute une petite voiture derrière lui.

Il paraît épuisé et s'extirpe du véhicule avec peine. Yasmina s'approche lentement, inquiète. Sa timidité la retient, une fois de plus. Comment lui expliquer sa présence ici, à 3 heures du matin ? Mais lorsque Vincent ouvre la portière arrière et prend une jeune femme dans ses bras, visiblement ivre ou droguée, elle n'en croit pas ses yeux. Comme il a l'air heureux ! Ses gestes sont calmes, doux, attendrissants... Yasmina sent une brûlure dans tout son corps. « Le salaud », murmure-t-elle.

Mais elle ne lâchera pas. Elle a l'impression de persécuter le vide, mais un vide qui la remplit. Elle ne lâchera pas, non, elle en est incapable. Elle pourrait tuer cette fille aux longs cheveux, lovée dans les bras de Vincent, simplement pour lui montrer qu'elle existe, elle, Yasmina, sa sœur, fille de

Grégoire Klotz, qui a honte de ses origines françaises. Qui est terrifiée à l'idée d'en parler, de leur donner vie.

Elle prend quelques photos rapides pour immortaliser ce que personne ne serait en mesure d'imaginer.

CHAPITRE 33

Mama Mona décède en juin 1985, des suites d'un cancer, à Alger. Yasmina a 25 ans. Elle passera les derniers jours avec la main de sa mère dans la sienne, l'oreille collée contre sa bouche épuisée, pour entendre ce que Mama ne peut plus taire. Ses souvenirs remontent lorsqu'elle a 2 ans. Elle parle de son village de montagne, de la langue, des légendes, de l'habitude de vivre avec les bêtes, en communion avec la nature. Puis elle évoque la guerre d'indépendance, les ratissages, les rafles au petit jour. Mais si le jour appartient à l'armée française, la nuit est le royaume des maquisards du FLN, et le gouvernement français décide de regrouper les montagnards dans des camps ou dans la capitale, plus bas, dans la baie d'Alger.

Mama lui reparle de la famille Klotz. Elle travaillait comme gouvernante chez eux. Des Français très sympathiques. Yasmina lui caresse le bras, aussi doux que les souvenirs. Une odeur de fleur d'oranger flotte dans la chambre.

Le matin du dernier jour, Mama Mona parvient à s'asseoir dans le lit, le dos soutenu par un gros oreiller. Son teint est brillant, comme ses yeux, une forte énergie la traverse, et sa voix devient rauque en s'amplifiant, secouée de spasmes, de sanglots. La langue tamazight recouvre le français comme une neige de flocons. Une voix éraillée raconte un conte qui semble avoir traversé des dizaines de générations, transmis par les vieilles grands-mères des montagnes, qui apaise les âmes par sa mélodie venant des mots eux-mêmes. Mais Yasmina parle mal le berbère – pis, elle l'a oublié. Elle se retourne alors vers l'infirmière qui, mal à l'aise, traduit ce que Mona tente d'expulser comme un caillot de sang. « Ta Mama s'est vu imposer une relation avec le père, Monsieur Grégoire Klotz, chuchote-t-elle. À la suite de quoi, Yasmina, tu es née, en 1960, entre deux bombardements. Même les sœurs de ta mère ne le savent pas. »

Yasmina encaisse le coup silencieusement. Elle craint maintenant de croiser le regard de la femme qui l'a mise au monde. Mais lorsqu'elle se retourne, les yeux de Mama, purs comme le ciel immense de Kabylie, sont partis ailleurs.

Les langues se délient après le décès de Mama. Les tantes, les cousins, les voisins. Tout le monde se souvient de la famille Klotz qui vendait des chapeaux au pied de la casbah. Des couvre-chefs, mais aussi des tas d'articles pour une élégance toute parisienne. Madame Eugénie Klotz a mis au monde des jumeaux, avant de partir, en 1962. Deux garçons, dont l'un était fortement handicapé. Le garçon valide se prénommait Vincent mais, pour l'autre, on n'a jamais su.

La bonne humeur de Yasmina s'est éteinte. La petite flamme de la gaîté a disparu derrière un voile anthracite. En revenant à Paris, hagarde, elle se perd dans le métro. Elle rejoint un groupe de potes près de Bastille. Sa meilleure amie lui dira un jour : « Ce n'était plus toi... enfin si, mais sans joie et avec dix ans de plus. Tu nous as dit que tu avais rencontré quelqu'un qui avait changé ta vie. On a cru que tu avais croisé Dieu. Tu n'as plus répondu à nos messages.

CHAPITRE 33

On a appris que tu faisais des études pour devenir secrétaire médicale. Et puis, un jour, on a vu ta photo dans le journal. Et voilà, nous sommes là, pour te soutenir, ma belle Yasmina dans sa Twingo bleue. »

CHAPITRE 34

Bernado revient avec une nuit blanche sous le bras. Sugar prépare des cafés, expliquant, les yeux rougis de fatigue, que la nuit a été dingue : meurtre, accident de voiture, junkies paumés dans la nature... Bref, le délire. Joseph lui demande d'envoyer les sous-titres. Bernado déroule son rapport qui débute dès l'instant où ils ont été appelés par une gendarmerie d'Île-de-France, à une quarantaine de kilomètres de la capitale.

— Primo, un gars a été ramassé dans un ravin, à plusieurs centaines de mètres de sa moto. Les traces de frein sur la route n'ont pas été effacées par la pluie. Un rétroviseur de Mercedes et un bout de pare-chocs latéral baignent dans les flaques que forment les nids-de-poule. Certainement l'histoire d'un type bourré qui descendait tandis qu'un camé montait en sens inverse. En même temps, une route avec autant de trous, pas évident pour une moto, carrément casse-gueule.

— En tout cas, dit Joseph, nous avons un délit de fuite.

— Affirmatif. Secundo, plus haut, sur les lieux où se déroulait une rave, un corps a été découvert dans son camping-car avec des excisions dans le dos. Des actes parfaitement réalisés.

– Il était membre de je-ne-sais quelle société de défense de la nature, reprend Sugar. On a aussi compté un nombre impressionnant de préservatifs dans sa roulotte qui servait visiblement de lupanar.

– Qu'est-ce que le Boucher serait venu faire dans une rave ? demande Éva.

– La *house*, c'est aussi une forme de musique, non ?

– On a essayé de retrouver les organisateurs. Les mecs sont sur des réseaux cryptés. Tout ce qu'on a récolté, ce sont des noms de code, des pancartes sauvages plantées à l'intersection de chemins improbables, bref, cela ressemble à une sorte de chasse au trésor conçue pour les amateurs de paradis artificiels. Des plaintes d'agriculteurs aussi, des fermes ont été squattées, des morts-vivants sont venus voler des poules. L'addition commence à chiffrer et les payeurs se sont volatilisés dans la nature.

Sugar va chercher dans le couloir un gosse que l'on a alpagué avec un cran d'arrêt et les poches remplies d'ecstasy, dans une Clio garée au beau milieu d'un champ de betteraves. D'entrée, avant même qu'on ne l'interroge, il se met à chanter son innocence.

– Ta gueule, dit Joseph. Sinon, je te coffre pour trafic de came.

– M'sieur, la rave, c'est deux fois par an, faut bien s'amuser un peu. Vous, vous avez déjà fait la fête sans champagne, sans pinard ? À part que l'alcool, c'est légal !

– Eh oh, doucement !

– Vous avez des enfants ?

Au fond de la pièce, Chris et Éva échangent un sourire.

– C'est moi qui pose les questions, dit Joseph. Essaie de te souvenir, tu n'as pas vu un type qui rôdait autour d'un camping-car ?

CHAPITRE 34

— Ah non, et même s'il y avait eu quelqu'un, je ne l'aurais certainement pas remarqué.

— Et pourquoi ?

— Après minuit, ça s'est transformé en méga-partouze. Il y en avait dans tous les coins, dans les champs, la forêt, la rivière...

— Tu étais avec une fille ?

Le visage du garçon change de couleur.

— Réponds !

— Oui... mais elle s'est sentie pas bien à un moment, elle a bloqué sur quelque chose... Il a fallu la transporter à l'hôpital.

— Et tu n'es pas parti avec elle ?

— Le mec a pas voulu. Celui qui était médecin. Il nous a montré sa carte.

— Et alors ? Tu as vu son nom ?

— Ben non, juste le caducée.

— Le quoi ? demande Bernado.

— Le serpent, symbole des médecins.

— Et alors ? enchaîne Joseph.

— Il a dit qu'il l'emmenait directement aux urgences.

— Quel âge, le toubib ?

— Un vieux.

— Les vieux fréquentent les raves ?

— D'habitude non. Mais bon, lui, c'était un médecin.

— Qu'est-ce qu'il faisait là ?

— Je ne sais pas, je vous dis. Peut-être qu'il était là pour voir si tout allait bien. C'est peut-être le staff qui l'avait invité.

— Et tu as des nouvelles de ta copine ?

— Non, aucune. J'ai appelé les urgences, ils n'avaient personne à son nom.

— Et ce type, le médecin, tu serais capable de le reconnaître ?

– Ouais, peut-être.

– À quoi il ressemblait ?

– À rien de spécial. Banal.

– Banal.

– C'est notre homme, dit Chris.

– Dites, reprit le garçon, vous pourrez vous renseigner pour ma copine ? C'est bizarre. Peut-être qu'elle a été transportée dans une clinique privée.

Joseph lance un regard à Sugar.

– On le laisse partir ?

Sugar acquiesce.

– Allez, fait Joseph, tire-toi.

– Et ma copine ?

Joseph soupire.

– OK, donne-moi son nom, on verra ce qu'on peut faire.

– Je ne me souviens plus de son nom... seulement de son prénom.

– Vas-y quand même.

– Julie...

– Pardon ? demande Joseph, avec un chat dans la gorge.

Le garçon répète.

– Julie... Elle fait des tableaux. Des trucs super. Mais ce n'est pas ma copine, c'est juste une amie... enfin, je l'aime bien. En plus, elle est enceinte.

– Elle a l'habitude de se shooter ? demande Bernado en s'approchant de lui.

– C'est son problème *number one*. Elle dit qu'elle a besoin de ça pour créer. Avant, elle sortait avec mon frère. Puis, quand ils se sont séparés, nous sommes restés copains.

Joseph a fermé les yeux. Il n'est plus là.

Bernado enchaîne :

– Elle vit où ?

– Dans la zone est. Je crois qu'elle sort avec un vieux en ce moment...

CHAPITRE 34

— Et elle est partie avec le médecin ?
— Je l'ai portée jusqu'à sa voiture.
— Quel genre ?
— Mercedes.
— Quel modèle ?
— Je sais pas, j'aime pas les Merco.
— Quelle couleur ?
— Couleur de merde.
— Tu te souviens du numéro de la plaque ?
— Non.
— Dommage.
— Mais j'ai pris une photo.
L'ado dégaine son portable, ouvre la galerie photos.
— Tenez.
Bernado grimace.
— Avec ton doigt devant, on ne voit rien.
— J'étais stressé.
— Pourquoi ?
— Le type était bizarre.
— C'est-à-dire ?
— Il avait l'air content, cool, je veux dire, pas pressé, comme s'il transportait une simple passagère. Et puis, je n'ai pas kiffé son regard.
— Méchant ?
— Non, étrange, halluciné, comme en transe, ses yeux brillaient dans la nuit...
— Dis donc, je te rappelle que toi aussi, tu étais défoncé.
— Défoncé, mais lucide.
— C'est ça, oui. Allez, rentre chez toi.

CHAPITRE 35

Ça ne va plus depuis deux jours, mais plus du tout. Je l'entends aller et venir dans l'appartement, il est pressé, je le sens très occupé, mais à quoi ? Il n'a pas touché au piano, il n'a pas mis le nez dans ma chambre, mais, surtout, il a oublié de me donner à manger, il a omis ma dose d'héroïne et, moi, je n'en peux plus. Je nage dans mes excréments. Je ne demande pas la propreté psychorigide, mais quand même, il y a des limites. Dès que je bouge d'un millimètre sur mon fauteuil, ça fait *splouch*. Il ne vient même plus me coucher. Je dors assis, la tête dévissée d'un côté, bonjour les vertèbres. Il me faut cette putain de saloperie dans les veines. Sinon, je vais imploser. Tout gargouille à l'intérieur de moi. Mes organes tirent la sonnette d'alarme. Des idées de mort m'adressent des signes amicaux : *viens*, me disent-elles, *viens jouer avec nous*. Du coup, je crois entrevoir une issue, une sorte de lumière blanche qui filtre derrière le mur. Le problème, et qui n'est pas nouveau, c'est comment y accéder ? Je ne pensais pas qu'un jour, Vincent serait capable de m'abandonner. Il a dû trouver un sujet plus captivant. Quelque chose de plus important que son propre frère jumeau. Mais de qui peut-il s'agir ? Il pourrait au moins ouvrir la porte, me parler, ou même ne rien dire, un regard suffirait. C'est ostensiblement qu'il passe et repasse dans le couloir, comme si j'avais cessé d'exister.

La porte s'ouvre enfin. Je vois mon frère, le regard illuminé, un plateau-repas dans les mains. Sur l'assiette, une substance molle et sanguinolente tressaute. Cela ressemble à un amas gélatineux, avec des bras et des jambes, des mains et des pieds, et une tête où se dessinent déjà nettement les yeux, la bouche, et le nez. On dirait que le fœtus me sourit, qu'il me reconnaît. Il est venu me chercher. Vincent m'ouvre la bouche et pousse l'embryon au fond de ma gorge. « Le pain du Seigneur », murmure-t-il. Le goût du sang, des mucosités, me fait faire un grand saut en arrière. Je n'ai pas la force de mâcher, j'avale, et la matière glisse en moi comme moi j'ai glissé dans l'utérus. Une chaleur m'irradie le ventre. C'est fini, chuchote mon frère. Comme d'habitude, il a raison. Je pars calmement, sans la moindre souffrance, tout au fond de moi.

CHAPITRE 36

Joseph a demandé une mobilisation générale. Les uns ont vérifié les entrées aux urgences de tous les hôpitaux de la ville, en vain. Aucune trace de Julie. D'autres ont effectué une recherche sur un certain Michel Hawking, spécialiste d'art, galeriste. Mais, comme prévu, personne ne correspond au profil demandé.

Joseph sent des démangeaisons dans tout son corps. Il a merdé quelque part, il ne sait pas où. Et le truc part en vrille. Il n'ose même pas penser à Julie dans les mains de ce malade. *Il ne peut rien lui arriver*, se dit-il. *Elle n'est pas musicienne. Elle n'a rien fait.*

D'autres perspectives voient le jour. Qui lui dit que ce toubib ne va pas s'attaquer à Lan ? Que faire ? Présenter des excuses publiques comme ce taré l'exige, ou bien demander des renforts à sa hiérarchie ? Il a opté pour la deuxième solution parce qu'on ne négocie pas avec le diable. Mais tout doit aller très vite maintenant. Personne n'a le droit de s'asseoir. Joseph s'entend crier, vociférer, se montrer plus directif que jamais, mais ce n'est pas de la colère, seulement l'expression d'un désespoir qui grossit à chaque minute écoulée.

Chris note l'énergie de son chef pour retrouver cette fille. Elle sait qu'il essaie de ne pas craquer devant ses collègues. L'idée que ce dingue se soit attaqué à sa jeune conquête doit le rendre fou. N'importe qui rêverait de le tenir au bout de son arme et de lui faire exploser la tête.

À un moment, personne ne sait où est passé Joseph. Il a disparu de son bureau. On le retrouve quelques instants plus tard marchant d'un pas rapide dans le quartier des galeries. Bern expose encore quelques toiles de Julie, placées en évidence dans la déco psychédélique de la boutique. La plus en vue, qui représente un parallélépipède compressé, dégage une vague expression humaine. Joseph peut discerner, dans la matière torturée, un visage, une souffrance silencieuse. Pourquoi voit-il cela maintenant alors que, pendant des mois, il a considéré la peinture de Julie comme une sorte de monde abstrait. Une phrase cinglante de Lan lui revient à l'esprit : « Toi qui n'as jamais rien compris à la peinture ! »

Il intègre cette émotion comme une donnée de son état personnel. En ce moment, même une voiture déglinguée serait capable de lui arracher des larmes. Tout autour de lui n'est qu'émotion, jusqu'à l'air qu'il respire.

Joseph marche vite, grimpe quatre à quatre les marches conduisant à l'appartement de Julie, sort sa clé et pénètre dans une bulle de silence.

Il tourne en rond dans l'appartement, commence à fouiller, sans savoir ce qu'il cherche. Dans un tiroir du bureau, il découvre des photos où on voit Julie, enfant, puis adolescente, sur un cheval, dans ce qui semble être le haras de la famille. Elle ne lui a jamais parlé de tout cela. Avec lui, elle n'a jamais cessé de jouer à l'artiste, d'évoquer les souffrances créatrices, les vapeurs existentielles. Elle lui a caché sa dépendance, ou plutôt il n'a rien vu. Mais le vrai coup de poignard, Joseph le reçoit en tombant sur des documents relatifs à la naissance du bébé. Dans la colonne **Père de l'enfant**, Julie a écrit *inconnu*.

Un coup de mou l'oblige à s'asseoir sur le lit, tête dans les épaules. Joseph cherche une respiration profonde pour densifier l'apport en oxygène dans son corps, son esprit. Il allume une cigarette pour se raccrocher à la vie.

Au plus profond de sa solitude, il prend son téléphone et compose le numéro de Lan. Mais il n'arrive pas à parler. Sa femme lui demande s'il va bien, s'il a bu. Joseph ne peut retenir ses sanglots.

– Non, je ne vais pas bien, dit-il.

– C'est bien que tu le reconnaisses, dit Lan, d'une voix infiniment douce. Franchement, ces derniers temps, j'avais pitié de toi. Je me disais, bon, il traverse la crise de la quarantaine, il a besoin de sortir avec une jeunette, une artiste peintre en plus, toi qui n'as jamais rien compris à la peinture, mon chéri. Où penses-tu donc que j'étais pendant tout ce temps, passé soi-disant chez ma mère ? J'étais ici, là, dans la rue, dans l'hôtel en face, et je t'ai suivi. Traqué jusque devant la porte de cette gamine qui, après ton départ, recevait d'autres garçons, des artistes, eux, peut-être même des camés, mais qui respiraient la liberté. Si au moins tu avais eu l'air heureux, mais non, tu rasais les murs de peur que quelqu'un puisse te reconnaître. Tu ne dis rien ?

Joseph se mord le poing pour étouffer ses pleurs.

– Tu es lâche, reprend Lan. Dire que j'ai dû te forcer pour savoir ce qui était arrivé à Mazart ! Parce que je t'ai vu revenir avec ce nouveau poisson rouge dans un sachet ! Et si je n'avais rien vu, si j'avais continué à te faire confiance, tu aurais persisté dans ton mensonge. Tu aurais pris du galon dans la trahison. Bientôt, ce serait devenu une sorte de seconde nature. Tu n'es plus l'homme que j'ai aimé, Joseph.

Lorsque la communication se coupe, Joseph reste un long moment avec le téléphone dans la main, l'air absent. Puis, comme monté soudain sur ressorts, il quitte l'appartement comme une furie.

Il ne s'est jamais intéressé de près à cet hôtel. L'entrée n'accroche pas l'œil. Seule une marquise, au-dessus de la porte, se détache de la façade. Le commandant présente sa carte au réceptionniste et consulte le registre. Le nom de Lan y figure bien. Il grimpe un étage. La chambre donne sur la rue, face aux fenêtres de leur appartement. Il a du mal à imaginer Lan assise derrière la croisée, en train de scruter ses allées et venues. Cela ne lui ressemble pas. C'est sordide subitement. Il se revoit dans la rue avec son aquarium sous un bras et son poisson rouge au bout de l'autre, rasant les murs. Combien Lan a dû le trouver lamentable !

Un flash le traverse soudain. Si Lan a surveillé leur immeuble, elle a sans doute vu le type y entrer ? Cela n'a rien d'improbable. Elle est peut-être en mesure de fournir un signalement. Lâchement, il appelle Bernado pour lui demander de s'en occuper. Son collègue ne pose aucune question.

Joseph reçoit à cet instant un message du chef de cabinet, une injonction à se présenter le plus vite possible au ministère. Joseph grimpe dans sa voiture banalisée. Au premier embouteillage, il colle le gyro sur le toit. Ensuite, tapis rouge.

Après quelques formules d'usage débitées en buvant un café servi dans des tasses en porcelaine, le ministre le considère longuement.

– Mon cher Joseph, vous avez une équipe formidable, active, tout le monde est d'accord sur ce point. Cependant, deux de vos hommes... enfin, ce sont des femmes, je crois...

– Deux femmes, vous dites ?

– Oui, vos lieutenants, si je ne m'abuse.

– Les inspectrices Éva et Chris.

— Absolument.

— Je n'étais pas au courant.

— Vos collaboratrices s'engagent dans des missions périlleuses et vous n'êtes pas au courant ?

Joseph, furieux, préfère garder le silence.

— Elles ont fait preuve d'un zèle un peu trop insistant, ici même, dans ce bâtiment.

— Nous travaillons sur un réseau de trafic de nourrissons...

— Je serais vous, j'essaierais de tenir un peu mieux mes troupes.

— Il ne faut pas leur en vouloir, elles sont jeunes, motivées, combatives...

— J'ai bien compris, mais enfin, pourquoi venir chercher ici ?

— Nous sommes dans le cadre d'une enquête...

— Non, vous êtes ici dans une sphère classée secret d'État, vous le savez, l'interrompt l'homme. Les coupables doivent être arrêtés, je vous l'accorde. Mais je ne pense pas que vous puissiez trouver ici des informations susceptibles de faire avancer vos recherches.

L'énarque écarte ses belles mains dans un geste d'impuissance. L'entretien est terminé. Joseph se lève.

Sur le retour, il reçoit un appel de Bernado.

— Ça va, Joseph ?

— Je sors de mon rendez-vous au restaurant du Sénat. Bon, c'est chaud. Le mec m'a dit qu'on s'était trompés de porte, l'enfoiré. Et toi ?

Il y a un silence. Puis, Bernado dit :

— Je ne savais pas que ça allait si mal avec Lan.

— Tu as pu lui parler ?

— Elle aurait préféré que ce soit toi qui appelles.

— Elle t'a dit ça ?

— Enfin, c'est ce que j'ai cru comprendre...

– Bon... tu as du nouveau ?

– Mieux que ça. J'ai le nom de notre dingue. Et son adresse.

– Quoi ?

– Hum... Lan m'a dit qu'elle avait pris une chambre en face de... chez vous...

– Oui bon, abrège. Elle a vu le type ?

– Elle l'a même reconnu et elle s'est demandé ce qu'il venait faire dans votre immeuble.

– Elle l'avait déjà vu ?

– Oui. À son boulot. Il paraît que c'est un excellent client. Un fou de casseroles et d'ustensiles de cuisine. Comme il a un compte chez eux, elle a facilement trouvé son nom, un certain Vincent Klotz. Il est médecin, son cabinet se trouve près du parc zoologique et son adresse perso derrière le centre de thalasso.

– Putain... nous le tenons.

– Tu penses que la fille est toujours avec lui ?

Joseph ferme les yeux et cherche mentalement une vision relaxante. Un champ de coquelicots légèrement incurvé, par exemple, bordé en son sommet par un chemin de terre, au bout duquel un grand soleil. Une caresse.

Arrivé au bureau, face à son coéquipier, il fait monter la pression en étalant son arme semi-automatique S&W sur le bureau ainsi que des munitions, 9 × 19 mm Parabellum.

– Chris et Éva sont prêtes à partir, dit Bernado.

– Putain, le mec, je vais le défoncer.

– N'en fais pas non plus une histoire personnelle.

– Si on ne l'arrête pas, il va continuer. J'appelle le juge pour lui taxer une rogatoire.

Bernado envoie un SMS. Dans la cour, une première voiture démarre avec, à son bord, Chris et Éva, deux tireurs d'élite, ainsi que deux agents de la section scientifique. À quelques minutes de décalage, un camion de pompiers s'engouffre dans la danse, sirène en berne, pour ne pas affoler la population.

CHAPITRE 37

Yasmina a compris qu'il se passait quelque chose de grave. Vincent n'est pas venu travailler ce matin. Dieu sait ce qu'il a fait avec cette fille cette nuit. Depuis, aucun signe de vie. En même temps, elle pourrait imaginer ce qui s'est passé, tellement elle connaît le docteur Klotz, tellement une partie d'elle-même est désespérément liée à ce tueur désenchanté.

Mais reprenons quelques années en arrière, à l'époque où Yasmina quitte son chemin musical pour épouser celui des professions paramédicales. L'idée d'approcher Vincent Klotz est devenue une obsession. Par chance, une place de secrétaire médicale se libère dans son cabinet. Elle postule. Yasmina Allek, ce nom n'évoque rien pour le médecin. Par contre, il tique un peu sur le manque d'expérience, mais Yasmina parvient à le convaincre. Elle reconnaît un concerto brandebourgeois de Jean-Sébastien Bach qui passe dans les enceintes du cabinet. Vincent sourit, apprécie. *Pour une gourde*, songe-t-il, *elle a de l'oreille. Ils partageront au moins quelque chose.*

Quelques années plus tard, ils en sont pratiquement au même point. Elle n'a toujours pas réussi à lui avouer qui elle était. De son côté, il est distant, se dérobe quand les questions deviennent personnelles.

Il lui parle mal, souvent. Sans s'en rendre compte, d'un ton cassant. Réminiscence coloniale inconsciente ?

C'est elle qui se sent coupable. Yasmina n'est pas là pour se venger. Cela n'a jamais été son projet. Les enfants ne sont pas responsables des atrocités de leurs parents. Non, ce qu'elle voudrait, c'est accéder à sa part manquante, sa part honteuse, cette partie d'elle-même qu'elle n'accepte pas, tellement l'histoire est triste.

Les Algériennes violées par les Français sont des femmes perdues. Est-ce que son vrai père, Ahmed, celui qui l'a aimée et élevée, s'est douté de quelque chose ? Yasmina lui ressemble si fort. En revanche, aucun trait commun avec Vincent Klotz, rien, ni grain de beauté ni coquetterie dans l'œil. Mais, à force de le surveiller, de le suivre, égarée dans un état second, elle est entrée dans son monde et son chemin de nuit.

Le SMS tombe en fin de matinée. **Mon frère est décédé**, écrit Vincent. Yasmina ne sait pas quoi répondre. Elle annonce aux patients que le docteur ne pourra pas assurer ses visites. Seule dans le cabinet, elle fait un peu de ménage. En réalité, elle tourne en rond. Un frère. Oui, elle se souvient maintenant. On lui avait parlé de jumeaux chez les Klotz. Vincent, puis un autre, handicapé. En dix ans, elle n'a jamais vu le médecin autrement que tout seul, sans amis, hormis les frangins francs-maçons.

C'est décidé, ce soir, elle se rendra chez lui, grimpera les marches et sonnera à sa porte. Elle ne sera plus la petite secrétaire médicale, la petite fille qui n'ose pas.

Elle veut être là, avec lui, pour se recueillir devant la stèle de ce frère qui leur est commun. Elle veut rétablir l'équilibre entre tous les arbres qui composent sa forêt familiale. Elle pense qu'elle en sortira grandie.

CHAPITRE 38

Il est bien. Oui, cela fait longtemps qu'il ne s'est pas senti aussi bien. Une sorte de moelleux dans sa tête. Dans son corps aussi. La conscience d'être parvenu au bout du tunnel vibre comme des grandes orgues de lumière. Toccata et fugue en ré mineur de Jean-Sébastien Bach. Une orgie de notes pour célébrer ce moment de repentance. L'exultation !

Il est l'heure d'aller rejoindre son frère, comme à la première seconde du début de leur existence commune, alors qu'ils n'existaient pas encore. La mort n'est qu'un vaste liquide amniotique dans lequel les âmes jouent comme des dauphins. Mais, pour l'heure, même s'il n'en a pas conscience, elle exhume la puanteur de ses entrailles.

Le rejoindre, par la pensée pour commencer, l'accompagner jusqu'à la porte de l'utérus et le jeter dans les eaux tumultueuses du néant. « Non, dit-il, je n'aurais jamais dû t'entraîner avec moi. De te voir si malheureux m'a rendu teigneux. À présent, je vais enfin vivre sans ton poids à l'intérieur de moi. Dire que j'aurais pu nous épargner cette vie épouvantable. Quand on est encore qu'un fœtus, on ne prend pas forcément toujours les bonnes décisions. Je ne ferai jamais plus de mal à personne. Maintenant que tu n'es plus là, je vais pouvoir enfin devenir qui je suis. Je vais partir, tout laisser, ta puanteur, le cabinet médical, et me réinventer, au-delà des mers, dans ces déserts qui président à la reconstruction des hommes. »

Le silence précède toujours le concert. Vincent ferme les yeux pour chercher la force intérieure lorsque quelqu'un sonne à la porte. Il sursaute, grimace. Une voix s'élève.

– Docteur Klotz ? C'est moi... Yasmina.

Le visage de Vincent se contracte. Il se sent arraché à son état vaporeux. Bon gré mal gré, il finit par ouvrir.

– Pardon, je... toutes mes condoléances, bégaie Yasmina, surprise et effrayée d'être là, devant lui, chez lui, avec cette odeur bizarre qui plane. Vous étiez proche de votre frère ? demande-t-elle.

– Oui, très, répond-il. En fait, nous ne formions qu'un.

– Je partage votre tristesse, dit-elle, au bord des larmes, en ouvrant la fenêtre de la cuisine.

Vincent esquisse une grimace embarrassée.

– Un problème d'évacuation dans l'immeuble, dit-il. Le plombier devrait régler le problème demain. Un thé ?

Elle l'observe pendant qu'il remplit la bouilloire. Elle le trouve un peu maladroit dans ses gestes (il a versé de l'eau à côté), ce qui est surprenant de sa part. Yasmina regarde autour d'elle, cette vaste cuisine parfaitement agencée qui contraste avec le salon vieillot qu'elle a aperçu en entrant.

– Vincent, commence-t-elle, en essayant de ne pas avoir la voix qui tremble, j'ai des photos sur lesquelles on vous voit en train de commettre des meurtres.

– Vous croyez que je ne vous ai pas vue dans mon dos ? Vous n'êtes pas très discrète, ma chère Yasmina. Même avec vos baskets de cosmonaute, on vous entend de loin.

CHAPITRE 38

Klotz sort de la cuisine, traverse le salon et se réfugie sur le balcon.

– L'harmonie naît parfois du chaos, murmure-t-il. Nous aurions pu voyager ensemble, découvrir les chapelles italiennes, marcher dans le désert et toucher ce que nous imaginons être l'horizon, manger assis autour d'un feu, en écoutant la musique du vent dans les dunes invisibles. Vous pensez que cela est encore possible, Yasmina ?

Accoudé à la rambarde, Klotz contemple le scintillement de la tour Eiffel tout en continuant son évocation de choses abstraites, belles et inspirées. Vincent parle pour ne pas avoir peur. Ses mots remplissent la rivière de lumières qui coule au pied de l'immeuble.

Yasmina se glisse derrière lui sur la pointe des pieds. Puis, d'un geste rapide, elle saisit Vincent par la ceinture de pantalon et le fait basculer dans le vide.

À ce moment, dans le quartier, les lumières s'éteignent brutalement.

CHAPITRE 39

La Mercedes 230 Kompressor, bien éraflée sur le côté, est stationnée sur une place réservée aux handicapés. Sugar, fan des Merco vintage en arrêt de production, effectue le tour du véhicule en appréciant la carrure du modèle sorti en 1998. « Une bête inusable au niveau du châssis », explique-t-il à Chris, pendant qu'Éva rassemble l'équipe technique autour des morceaux d'un corps sur le trottoir. Le mec a sauté pendant qu'ils étaient en route. À cinq minutes près, ils auraient pu empêcher ce saut privant les familles d'un procès.

Une couverture de survie est étendue sur le cadavre. Les lampes torches sont allumées. En tombant, Klotz s'est fracassé le crâne sur un lampadaire situé sur la trajectoire de sa chute. Cela a provoqué un court-circuit et l'électricité est coupée dans la rue. Deux agents sont partis chercher un groupe électrogène.

Joseph arrive un moment plus tard dans l'immeuble, suivi de Bernado et d'une autre équipe d'experts.

Yasmina les accueille avec deux bougies dénichées dans un tiroir puis se réfugie dans la cuisine sur les conseils de

Joseph. Elle est en état de choc depuis l'instant où elle a fait basculer Vincent par-dessus bord. Elle se demande encore comment elle a réussi à prévenir la police. Autour d'elle, les silhouettes portent des chaussons, les mains sont gantées et les visages se dissimulent derrière des masques.

La lumière précède le chemin macabre dans une odeur immonde. L'équipe a délaissé les bougies pour les lampes de portable.

Au bout du couloir, dans une petite pièce, le faisceau lumineux balaie le ventre ouvert de Julie, allongée sur une table. Un expert en combinaison bleue explique qu'il s'agit d'une véritable césarienne, c'est-à-dire d'une incision horizontale parfaite au-dessus du pubis. Klotz a fait sortir le fœtus par l'utérus qui a, lui aussi, été incisé – avec ça, ajoute-t-il, désignant un bistouri en acier, abandonné sur le drap maculé de sang.

Yasmina s'habitue à l'odeur. Quand on lui demande la nature de son lien avec Vincent Klotz, elle répond qu'elle s'appelle Yasmina Allek et qu'elle travaille comme secrétaire médicale au cabinet. Elle est venue ici quand le docteur lui a annoncé le décès de son frère. Avec le doigt, elle désigne une porte plongée dans la pénombre.

Autre chambre, autre atmosphère. Sur un matelas posé à même le sol, un cadavre en voie de décomposition, replié sur lui-même, est étendu au milieu d'une mer de détritus et de seringues.

CHAPITRE 40

Yasmina pourrait aisément prouver son lien filial avec Grégoire Klotz et toucher l'héritage des deux frères. Mais elle préfère enterrer le chapitre Klotz, le faire disparaître de son histoire.

Si un jour elle a des enfants, elle ignore de quelle nature sera son récit. Sans doute racontera-t-elle que là-bas, au bled, « tu sais, cet endroit où l'on ne va jamais », le paradis existe sur terre.

Pour l'heure, elle est en arrêt maladie et rêvasse devant un journal à la terrasse d'un café, lorsqu'un article attire son attention :

> **TRAFIC D'ENFANTS, UN MINISTRE IMPLIQUÉ**
>
> Aujourd'hui, les enfants peuvent être achetés à leurs parents pour quelques dollars par des rabatteuses et revendus de 10 000 à 30 000 euros, le prix dépendant de l'âge, du sexe, de la couleur des yeux de l'enfant, de son état de santé. Les méthodes sont nombreuses. Obtention d'un consentement par la fraude, en faisant croire à des géniteurs illettrés que leurs

enfants vont être soignés, ou en exerçant une forte pression sur de très jeunes mères en détresse. Enlèvements d'enfants dans des lieux publics, ou même arrachés aux bras d'un parent pendant l'arrêt à des feux tricolores par des hommes à moto, voire dans des maternités où sont pratiqués des vols à des femmes, accouchées par césarienne très souvent (afin qu'elles ne voient pas leur enfant), à qui le personnel hospitalier, de concert avec des intermédiaires, déclarera que le bébé est mort-né ou n'a pas survécu. Diverses formes de rapt ont été recensées en Amérique latine, en Asie et en Afrique, pour alimenter le marché européen.

Ainsi, l'enquête menée sur plusieurs fronts et sur plusieurs mois, qui a permis de croiser l'effrayante affaire du tueur en série Vincent Klotz, a révélé l'implication de Monsieur Delpierre, ministre du gouvernement, dans le fonctionnement d'un trafic planétaire de chair humaine. Alors qu'il allait être interpellé à son domicile par la police, le ministre s'est donné la mort chez lui, à Boulogne-Billancourt, par arme à feu. Selon une source proche de l'enquête, Marie-Benoîte Delpierre, son épouse, serait à l'étranger avec un enfant asiatique négocié illégalement contre de l'argent.

CHAPITRE 41

C'est l'hiver et, pourtant, les oiseaux continuent de chanter dans le parc de l'hôpital. Joseph les écoute avec attention, car il a l'impression de saisir chaque jour un mot nouveau. L'AVC a touché en partie les fonctions de la parole et de la motricité, mais il peut marcher un peu. Lan lui rend visite quotidiennement. Ils avancent pas à pas, main dans la main, à la vitesse d'un déambulateur, puis s'assoient sur un banc, observent l'envol d'un merle ou bien l'ondulation de l'eau du grand bassin. Sous la surface, Joseph a repéré le sosie de Mazart qui revient pour le narguer ou pour lui communiquer une information, quelque chose d'essentiel que, malheureusement, il ne peut plus entendre.

Si vous avez aimé ce livre,
vous aimerez également les ouvrages suivants
publiés dans la même collection

288 pages • 13,6 × 21 cm
19,50 € TTC
Parution : janvier 2023
ISBN : 978-2-38302-009-7

« Vous êtes sur le répondeur de Maxime,
laissez-moi un message ! »
Pour la dixième fois, la centième fois, je raccroche.
Je laisse passer une poignée de secondes,
et puis je rappelle. Encore.
J'erre chez nous, je tourne comme un lion en cage.

–

Il est 3 heures du matin.
Mon mari s'est volatilisé en pleine nuit.
La chambre de mon bébé est vide.
Vide.

264 pages • 13,6 × 21 cm
19,50 € TTC
Parution : janvier 2023
ISBN : 978-2-38302-010-3

Consternation dans les hautes sphères :
le patron des patrons vient d'être assassiné
dans des circonstances sanglantes,
suivi de près par une personnalité people très en vue.
Crimes isolés ou début d'un massacre organisé ?

–

Fleur Viam, commissaire de 31 ans
atteinte d'un syndrome d'Asperger,
aussi brillante que bourrue aux yeux de ses collègues,
et Olivier Lacelle, commandant expérimenté
à neuf mois de la retraite, mènent l'enquête.

et les ouvrages suivants
publiés dans notre collection **RESTER VIVANT**

356 pages • 14 × 19 cm
16,50 € TTC
Parution : mars 2021
ISBN : 979-10-96935-85-7

En ce mois d'avril, tout allait bien pour Hugo, Vadim et leurs deux amis. Et voilà que, dans leur village paisible, quelqu'un est assassiné. Une personne qu'ils connaissaient bien.

Or, très vite, les soupçons des gendarmes se portent sur l'un d'entre eux… Leur amitié résistera-t-elle à la véritable tornade qui balaie ce printemps placé sous le signe de la mort et des mensonges ?

«PRIX COGNAC»

400 pages • 14 × 19 cm
17,90 € TTC
Parution : février 2022
ISBN : 979-10-96935-98-7

Une jeune gendarme lancée à la poursuite d'un évadé de prison découvre un cadavre près d'un refuge de montagne. La victime est mineure, les indices sont rares, mais des témoins mettent en cause le fugitif.

Au même moment, des parents signalent la disparition de leur fils de 14 ans – un fait d'autant plus inquiétant que le poignard planté dans le corps sans vie pourrait appartenir à l'adolescent.

Que s'est-il passé ? Les évidences pourraient être trompeuses. Et si l'assassin n'en était pas à son premier meurtre ? Une course contre la mort s'engage sur les pentes abruptes des sommets pyrénéens.

Retrouvez ce livre sur notre site,
en flashant le QR code ci-dessous

ou rendez-vous à l'adresse
https://www.muscadier.fr/catalogue/on-achève-bien-les-poissons-rouges/

Ce livre est imprimé sur un papier composé de fibres naturelles,
renouvelables et recyclables, fabriqué à partir de bois issu
de forêts qui adoptent un mode de gestion responsable et durable
– respectueux de la biodiversité, des équilibres écologiques
et de la stabilité économique des populations locales.

Achevé d'imprimer par
CPI Firmin-Didot à Mesnil-sur-l'Estrée (27)

Dépôt légal : septembre 2023
N° d'impression : 176471

Imprimé en France